Paris
Romance

일러두기

- 책·잡지·신문명은 『 』, 영화·노래 제목은 「 」로 묶어 표기했습니다.
- 인명, 지명 등의 외래어 표기는 국립국어연구원에서 규정한 외래어 표기법을 따랐습니다.
- 이 책에 실린 사진은 대부분 슬라이드 필름으로 촬영된 것입니다.
- 이 서적 내에 사용된 일부 작품은 SACK를 통해 ADAGP과 저작권 계약을 맺은 것입니다. 저작권법에 의하여 한국 내에서 보호를 받는 저작물이므로 무단 전재 및 복제를 금합니다.
- 이 책에 수록된 저작권 관리 대상 미술작품은 다음과 같습니다.

우리는
왜 헤어졌을까?

파리
로망스

글·사진 이동섭

앨리스

프롤로그

집이 불타 갈 곳을 잃었다. 그녀와 헤어진 내 심정이 그러했다. 살아 숨 쉬던 사랑을 산 채로 태워 없애야 했다. 그을음과 진물로 녹아내리는 사랑의 냄새는 지독했다. 사랑을 소멸시킬 방법이 내겐 없었고, 저절로 잦아들기를 기다리며 그 시간을 견뎌내야만 했다. 연인의 숫자만큼 이별했으나, 이런 아픔은 처음이었다.

크리스틴과의 이별은, 이별이라는 평범한 말로 정리할 수 없었다. 새로운 이름이 필요했다. 또한 산 채로 태워 없애야 했던 내 사랑의 무덤이니 특별해야만 했다. 두 가지를 해결하는 유일한 방법이 파리 여행이었다. 왕가위 감독의 영화 「화양연화」에서 차우(양조위)는 수리첸(장만옥)과 은밀히 나눴던 사랑의 속내를 털어놓으러 홀로 앙코르와트 사원으로 간다. 몇 천 겹의 시간이 쌓인 벽에 작은 구멍을 내고 입술을 바싹 붙이고 그는 낮게 속삭인다. 고백이 끝나고, 차우는 마른 풀로 구멍을 막는다. 누구에게도 말하지 못했던 애끓는 비밀을 그 구멍은

후세에 전할 것이다. 나는 파리의 하늘에 비밀을 고백했고, 파랑으로 봉인했다.

파리에서 풍경을 흘러가는 시간으로 마주했다. 시간의 공백이 생기면 그녀의 얼굴과 기억이 비집고 들어왔다. 그녀 없이도 삶은 계속되었지만, 나의 매일은 그녀를 중심으로 돌아갔다. 그녀는 어디에도 없었으나 언제나 나와 함께였다. 부재로써 가득히 존재하는 그녀는 내게 신과 같았다. 신을 잃은 나는 울지 않기 위해 글을 쓰고 사진을 찍었다. 검은 펜으로 흰 종이를 울게 만들고, 카메라로 풍경을 한 토막씩 도려냈다. 내 이별에 개의치 않는 세상을 어떻게든 아프게 만들고 싶었다. 거친 끼적거림으로 감정을 토로했던 글들로 한 권의 노트가 채워지면

센 강으로 던져버리려 했다. 끝내 그러지 못했다. 아직은 내 빈 손에 무언가를 들려주어야 했다.

그 아이와 마지막으로 마셨던 커피 잔을 카페에서 가지고 나왔었다. 유리잔에 묻은 립스틱 자국은 검게 변해 지금은 그 흔적만 겨우 남아 있다. 그 잔에 치자를 심었다. 치자 꽃은 어느 달밤에 하얗게 피었다 졌다. 추억은 다시는 반복할 수 없어 쓸쓸했고 끝내 가 닿을 수 없기에 달콤하다.
밤에 쓴 글은 아침이면 감정의 과잉으로 담백하지 못했고, 아침에 쓴 글은 베개에 눌린 자국으로 반듯하지 못했다. 밤의 글을 아침에 고치고, 아침의 글을 밤에 고쳤다. 밤과 낮이 이어지고 쓴 글과 고친 글이 겹쳐져 이 책을 쓰는 동안 내게 이별은 과거이자 현재였다. 시간들이 충돌하는 밤이면 기억은 고통이었다. 내 글은 이별의 추억을 자세히 원했고, 내 몸은 두려워 피했다. 글이 잘 써지지 않는 날일수록 심하게 배가 고팠다. 허기와 이별통을 나란히 두기 민망했으나, 하루에 몇 번씩 찾아오는 허기에 기대어 나는 오늘을 어제로 보내고 내일로 건너갔다. 그런 날들이 반복되어 글이 쌓였다. 추억과 글은 하나로 포개져 이 책 안에 담겼다.

내 글과 내 사진을 함께 두는 일은 어려웠다. 사진은 이미 살았던 시간을 기록한 과거였고, 글은 써나가야 할 미래였다. 그러므로 사진은 글을 이미지로 설명하거나 글의 빈틈을 보충하는 수단이 아니다. 내가 살아왔던 시간의 풍경들을 글은 문자로, 사진은 이미지로 스스로 제 길을 열어 갔다. 이것을 원칙 삼아 글과 사진을 배치했다. 부족한 글 솜씨를 사진으로 채우고 싶은 욕구가 일기도 했으나, 그 둘의 목적지와 리듬이 달라서 이룰 수 없었다. 다만, 글에 지쳤을 때 사진이 위로가 되었다.

내게 파리는 청춘의 10여 년을 보낸 집이었으나, 우리에게 파리는 완성하지 못한 문장이었다. 마침표를 찍지 못한 행복이 낭만romance이다. 그녀와의 이별을 끝내기 위해 이 책을 썼다.

2015년 봄

이동섭

차례

우리는 왜 헤어졌을까?

그녀 없는 파리

우리는 왜 헤어졌을까?

Le chagrin d'amour

이것은 비밀이다. 내가 겪은 일이고, 지금까지 아무에게도 말하지 않았다. 그녀와의 만남은 내 인생에서 가장 뜻밖의 사건이었다. 우연과 오해로 사랑은 시작되었고 모든 이들에게 그 사실을 숨겼다. 그것이 우리 사랑을 지키는 유일한 방법이라 믿었다. 은밀한 만큼 매 순간 사랑은 커져만 갔다. 1년 동안 우리는 비밀의 우산 아래에서 행복했고, 어느 초여름 날 아이스 아메리카노를 마시고 헤어졌다. 예견했던 이별이었지만 몹시 아팠다. 내 곁에서 그녀는 사라졌으나 마음에서는 잠시도 떨어지지 않았다. 내 안의 그녀를 죽여야 내가 살 수 있었지만, 나는 그렇게 하지 못했다. 사랑의 장례식은 기약 없이 유예되었다. 혼자 끙끙대며 앓던 날들이 엷어지며 곡절 많던 사랑은 추억이 되었다. 이제 나와 그녀 사이의 연결 고리는 완전히 끊어졌다. 비밀은 더 이상 비밀이 아니었고, 모든 비밀은 언젠가는 타인에게 읽힐 편지라는 말에 기대어 나는 이 책을 쓰기로 결심했다.

몇 년 전 여름 오후, 카페 라셰즈의 구석자리에서 내 사랑은 끝났

다. 다시 잘되지 않을까 하는 기대와 다시는 안 되겠구나 하는 실망 사이를 오갔던 두어 달의 도착지가 이곳이다. 우리 관계의 불꽃은 이미 꺼졌다.

— 끝난 거지?

말을 마친 그녀는 빈 물 잔에 시선을 고정했고, 나는 그녀의 싱싱한 속눈썹을 노려보았다. 나는 긴 침묵으로 대답했고, 그녀는 청량한 식물 향을 남기고 떠났다. 주변의 시선이 그녀의 뒷모습을 좇았다. 출입문이 열렸다 닫혔고, 그 사이 밀려든 한여름의 소음은 눅눅했다. 그녀가 마셨던 커피 잔 주위에는 물이 흥건했다. 검지 끝으로 건드렸다. 차가웠다. 이별은 현실이었으나 실감나지 않았다.

안경을 바꾸고, 여름용 신발 한 켤레를 샀다. 회사에 사표를 내고 차도 팔았다. 일상에 완벽하게 무책임해짐으로써 나에게 벌을 주고 싶었다. 그리고 연애 1주년 기념으로 함께 가자고 약속했던 파리에 혼자 가기로 결심했다. 내 청춘의 10년을 보냈던 그곳은 서울에서 도망칠 수 있는 유일한 도시였다.

만약 우리가 헤어지지 않았더라면, 언젠가 함께 파리에 갈 수 있었을까?

이별은 하나이나,

이별의 이야기는 둘이다.

이것은 **나의** 이별 이야기이다.

그녀는 어렸다 — Day-0

모든 기다림엔 목적이 있다. 예정보다 30분이 지났으나 꿈쩍도 않는 비행기가 어서 활주로를 달려 나가 서울을 날아오르기를, 지금 나는 간절히 바라고 있다. 죄송하다는 안내 방송이 반복되었고, 목이 말랐다. 기내는 단체 관광객들로 몹시 부산스러웠다. 수납함에 들어가지도 않을 가방을 들고 온 여행객이나 그걸 들여보내준 승무원들이나, 또 그걸 넣어보겠다고 애쓰는 사람들이나 모든 게 짜증스러웠다. 갈증과 짜증이 결합되더니 뜬금없이 맥주가 마시고 싶어졌다. 그 아이는 맥주를 자주 마셨다. 특히 잘 얼린 얼음을 넣어 마시는 걸 좋아했다. 그 아이와 카페에서 맥주와 커피를 시키면 항상 맥주가 내 앞에 놓였다. 한 번의 예외도 없었다.

– 저 사람들을 뭐라 할 게 아니라 아저씨가 문제야. 여름엔 맥주지, 커피가 뭐냐?

욱하는 마음에 맥주를 두 잔 시키면 몇 모금 마신 후 결국 나는 다시 커피를 시켜야 했다. 그녀는 킥킥거리며 내 잔을 말끔히 비

웠다.

— 뭐랄까, 예술을 공부하는 사람치곤, 음, 어떤 불건전함이 부족해.

맥주 마시는 여자와 커피 마시는 남자로 우리는 커플이 되었다. 나는 30대 후반이었고, 그 아이는 20대 초반이었다. 나는 세상에 대해 더 이상 새로운 기대를 품지 않았고, 그녀는 막연한 기대들로 가득 차 있었다. 그 아이는 외모에 비해 나이가 어렸고, (그녀의 표현대로라면) 나는 외모에 비해 나이가 많았다. 호칭은 아저씨였고, 반말로 나를 대했다.

— 엄마가 해놓은 반찬 훔쳐왔어. 맛은 별로 없어. 모양만 예뻐.

한국계 미국인 아버지와 일본인 어머니 사이에서 태어난 그녀는 뉴욕에서 어린 시절을 보내서 한국어 억양이 묘했고, 어휘 선택이 조금 서툴렀다. 줄곧 바이올린을 연주했고 그게 인생의 전부였다는데 내가 모르는 이유로 그만두고 10대 후반에 서울로 왔다. 지금은 대학에서 영문학을 전공하고 있었지만 별로 관심 없어 했다. 영어를 잘하니까 선택한 학과였을 것이다. 아마도 당시 그녀의 마음은 바이올린과 영문학, 뉴욕과 서울 사이를 떠돌고 있었을 것이다. 하루 24시간을 어떻게 보내야 할지 몰라 했고, 나를 만나는 것도 현실 도피가 아니었을까 짐작했다. 그렇게 생각하면 슬퍼져 더 이상 생각하지 않기로 했다.

— 이 아저씨야, 나랑 밥 한번 먹겠다는 애들이 몇 명인 줄 알아? 그런데 다음에 보자고?

그녀는 어렸다. 싱싱한 풀처럼 생기가 넘쳤다. 하루 분의 에너지를 다 쓰지 못하면, 집으로 가지 않으려 했다. 몹시 순수한 만큼 지나치게 제멋대로였다. 이기적임을 숨기지 않으면서도 주변의 몇몇 이들에 대한 애정은 각별했다. 한두 명의 친구를 깊이 사귀면서도 너무 가까이 다가오지는 못하게 거리를 유지했다. 그러면서도 외로움을 많이 타서 항상 사람들을 그리워했다. 수줍음이 많았지만 거짓말은 당돌했다. 내 품에서 하루 종일 떨어지지 않다가도 갑자기 차갑게 멀어지기도 했다. 내 밖에서 일어나는 그녀 마음의 움직임은 온전히 짐작되지 않았고 스스로도 제 열기를 버거워하는 듯했다. 나는 다른 사람보다 3~4도 정도 차가웠고, 그녀는 3~4도 높은 열기로 살았기에 내게 그 아이는 항상 너무 뜨거웠다. 그래도 우리는 이 모든 모순과 부조화를 기꺼이 껴안으려 노력했다. 누구에게나 평생 잊지 못할 사랑이 한 번쯤 있다면 내게는 이번이었다. 세상은 아름다웠고, 처음으로 나는 내가 자랑스러웠다. 목이 타도록 행복했다.

녹아내릴 듯 타들어가는 활주로 아스팔트를 보고 있자니 갈증이 심해졌다. 승무원을 부르는 단추를 눌렀지만 때마침 안전벨트를 매달라는 안내 방송에 묻혀버렸다. 온몸을 부르르 떨며 튕겨나가는 화살처럼 비행기는 활주로를 달려 파리를 향해 날아올랐다.

사랑에 빠진 우리는 섬에 유배된 듯 은밀했다.

Sad but beautiful —— *Day-1*

서울과 파리는 8,976킬로미터 떨어져 있다. 시속 800킬로미터로 11시간을 날아야 도착할 수 있는 거리다. 눈이 따가울 정도로 몸 안에는 잠이 가득했는데 감긴 눈은 끝내 잠들지 못했다. 구겨진 휴지 같은 상태로 파리 샤를 드골 공항에 내렸다. 짐을 찾은 후 공항에서 에스프레소를 한 잔 마셨다. 파리의 커피는 특유의 맛으로 추억을 자극했다. 야외 정류장에서 루아시 공항버스를 기다렸다. 오후 여섯시가 지났지만 해는 지지 않았다. 사람들은 모두 반팔 티셔츠를 입고도 더운 듯 숨을 몰아쉬고 있었다. 3년 만에 다시 돌아온 파리는 한여름인데도 약간 쌀쌀했다.

왜 나는 추운 걸까?
어릴 적 동상에 걸렸던 오른발 때문일까?

기지개를 펴고 오른발을 내려다보며 꼼지락거렸다. 신발 끝이 들썩였다. 고개를 드니 북유럽 어느 나라에서 온 듯한 창백하게 하얀 얼굴의 소녀가 나를 보고 있었다. 소녀를 향해 웃어주고 싶었다. 웃는다고 웃었는데, 내 웃음이 웃음 같지 않았는지 소녀는 엄마 뒤로 몸을 배배 꼬며 숨었다. 미소의 온기가 그리웠다.

모든 일은 끝에 이르러야,
그 처음이 또렷이 떠오른다.
사랑도 그렇다.

크리스틴을 알게 된 건 그녀의 어머니 비비안 덕분이었다. 10여 년의 유학 생활을 끝내고 서울로 돌아온 당시의 나는 선배가 운영하는 작은 출판사에서 프리랜서 편집자로 일하며, 그림과 예술에 관한 잡지 기사와 책을 쓰고 있었다. 일상을 충실하게 사는 게 진정한 행복이라는 평범한 진리를 뒤늦게 깨닫고 박사 논문을 쓰다가 유학을 접은 상태였다. 남들에겐 하고 싶은 일하며 사는 것처럼 보였을지 모르지만, 정작 나는 하고 싶었던 일을 잃어버린 후라 그저 주어진 일을 성실히 해내고 있을 뿐이었다. 가면이 들킬까 조바심이 났던 나는 타인의 투정 섞인 부러움을 굳이 부정하지 않았다. 새로운 무엇에 도전하기에는 흘려보낸 세월이 길었고, 파리를 떠나 서울로 돌아오며 내 청춘도 끝났다고 여겼다. 서울에서 소소한 일상을 누리기 위해 감당해야 할 현실은 만만치 않았다. 사람 많은 곳은 가지 않았고, 세상과의 접촉점을 최소한으로 닫아두었다. 나는 혼자 지냈다.

비비안은 출판사를 통해 연락을 해왔다. 용건은 간단했다. 자기 딸의 문학 교사가 되어달라는 것이었다. 문학 교사? 며칠 고민하다가 최대한 정중하게 거절의 답장을 보냈다. 그러나 그녀는 직접 만나 이야기하자고 했다. 결국 나는 약속 장소에 나갔다. 비비안은 일본인이었다. 한국어를 꽤 잘했으나 가끔 단어 선택이 어긋났다. 그녀가 말한 문학은 명작 소설을 읽은 후 딸과 의견을 나누고 에세이 쓴 걸 검토하고 피드백 해주는 일을 뜻했다. 내가 별로 유명하지도 않거니와 전문 분야도 아니어서 해본 적 없다고 했으나 그녀는 내가 쓴 기사와 책을 모두 재미있게 읽었으니 잘해줄 거라 믿는다고 답했다. 그녀의 답은 내 질문을 비켜갔으나 제시한 대가가 꽤 컸다.

— 안녕하세요, 이동섭입니다. 어머니 소개로……

비비안이 알려준 번호로 전화를 걸어 약속을 정했다. 장소는 압구정역 근처의 맥도날드였다. 점심시간이 지난 후라 한가할 줄 알았는데 교복 입은 아이들이 서너 명씩 모여 앉아 이야기하고, 웃고, 휴대전화를 만지작거리고, 혹은 그 모든 것을 동시에 하며 햄버거까지 먹고 있었다. 『그리스인 조르바』를 펼쳤으나 눈에 들어오지 않았다. 지금이라도 전화해서 못하겠다고 할까. 때늦은 후회와 설익은 호기심이 뒤섞여 마음이 부산했다. 책을 덮고 창밖을 봤다. 4월의 빛은 따뜻했으나 바람은 쌀쌀했다. 검은 코트와 노란 원피스가 나란히 거리를 걷고 있었다. 10분 늦으면 거절해야지, 라고 생각했을 때 햄버거와 감자튀김의 기름 냄새를 뚫고 청량한 식물 향이 훅 밀려왔다. 한 여자가 내 앞에 앉았다.

— 크리스틴이에요. (실제로는 그 아이의 한국 이름으로 불렀으나, 이후에 '크리스틴'으로 부르게 되었으므로 이 글에서는 처음부터 이렇게 적었다. 그 이유는 뒤에 나온다.)

그 아이였다. 비비안의 외모와는 많이 달랐다. 나이에 비해 조숙해 보였지만, 혼혈이어서인지 외국에서 자라서인지 혹은 둘 다 때문인지 서울에서 흔히 볼 수 없는 얼굴이었다. 엘리자베스 페이튼의 그림에 나오는 작고 하얀 얼굴에 콧대가 오뚝한 여자를 닮아서 머리가 금발이어도 잘 어울릴 듯했다. 햄버거를 먹으며 휴대전화를 만지작거리던 교복의 소년 소녀 들이 일제히 그녀를 돌아보았다. 살면서 이렇게 예쁜 여자와 마주 앉아본 적이 없던 나는 어떻게 해야 할지 몰라서 아무렇지도 않은 척 애써 눈길을 피하지 않았다. 나는 이 일을 하기로 결심했다. 항상 모든 일에 처음은 있기 마련이니 열심히 하면 잘할 수 있으리라 여겼다. 조금 전의 갈등 따윈 기억나지도 않을 만큼, 아름다움의 힘은 셌다. 긴 머리를 만질 때마다 상쾌하고 시원한 향이 테이블을 건너왔다.

그 아이는 책 대신 영화를 보자고 했다. 희망과 권유의 문장으로 말했지만 애초에 내게 선택권은 없었다. 그녀는 상대에게 자신이 원하는 것을 얻어내는 방법을 잘 알고 있었다. 그런 걸 해본 적 없고, 알지도 못하는 나는 머뭇거렸고, 표정으로 내 답을 이미 알아 챈 그녀는 주머니에서 영화 티켓을 꺼냈다. 「폭풍의 언덕」이었다.

— 가요. 5분 남았어요.

그 건물 위층이 영화관이었다. 이곳으로 약속 장소를 정한 걸 보니

애초에 이럴 계획이었던 듯했다. 어쩌면 문학 선생이 내가 처음이 아닐 수도 있겠다고 짐작했다. 묻지는 않았다. 엘리베이터에 둘만 탔다. 우리를 에워싼 어색한 침묵 사이로 그녀의 옆모습을 훔쳐보다가 그만 눈이 마주쳤다. 그 아이는 자연스럽게 미소 지었고, 나는 흠칫 고개를 돌렸다.

— 소설책은 읽어도 모르겠어요. 재미도 없고.
— 그럼, 왜?
— 엄마가 좋아해요. 엄마가 좋아하니까, 저도 좋아요.

지나치게 솔직하고 자신 있게 말해서 우스웠으나 나는 멍청하게 고개만 끄덕이고 말았다. 그 아이가 먼저 영화관으로 들어갔다. 내가 티켓을 내밀자 남자 직원이 뭔가 잘못되었다는 듯한 억울한 눈빛으로 나를 쳐다보았다.
영화는 생각보다 재미있었다. 소설의 이야기에 눌리지 않았고 감독의 해석은 단호했다. 바람이 많이 불어 하늘과 땅의 거리가 가까워진 황량한 스코틀랜드의 풍경을 보는 것만으로도 시간은 금세 흘러갔다.

— 결말이 별로…… 우울해.
— 슬프지만 아름답잖아요?
— Sorry?

— 내용은 슬프지만 둘의 사랑은 가혹하게 아름답잖아요. 원래 아름다운 것들은 제 안에 슬픔을 담고 있어요.

극장을 나서던 그녀가 나를 정면으로 바라보았다. 놀람과 동의를 담은 그때 그녀의 얼굴 표정이 지금도 선명하다. 그 말이 좋았다고 했다. 가혹하게 아름답다는 말.

— 아저씨는 왜 결혼 안 했어요?"
— 네? 아, 그, 뭐…… 못했어요.
— 왜요?

갑자기 경계심을 풀더니 친근하게 대하는 그녀의 태도에 나도 긴장이 확 풀어졌다.

— 가난하고, 못생기고, 얼굴도 크고…….
— (웃음) 또?
— 머리는 곱슬에 어깨도 좁고, 속도 좁고…….
— 아저씨, 배고파요. 팥빙수 사줘.
— 네?

내 말을 자르고 느닷없이 빙수를 사달라고 말한 그녀가 손을 번쩍 들어 택시를 세웠다.

그것이 첫 번째 만남이었다. 그날 이후로 우리는 거의 매일 만났다. 지금까지 몇몇의 여자에게 설레었으나 크리스틴 앞에 섰을 때 설렘의 강도는 과거의 경험 따위 모두 잊힐 만큼 압도적이었다. 설렘이 곧 사랑은 아니다. 나이 차가 많이 났기에 우리는 사랑으로 발전할 가능성이 차단되어 있다고 생각했다. 사랑으로 커지지 못할 설렘은 다음 목적지를 찾지 못하고 내 안에서 터질 듯 정처 없었다. 크리스틴도 같은 이유로 처음 본 나를 가볍게 대할 수 있었을 테고, 그 덕분에 처음 만난 남녀가 으레 거치는 경계와 불신도 자리하지 않았을 것이다. 아마 비비안이 내게 연락한 이유도 그래서였을 것이다. 나는 내 나이가 미웠다. 그러나 나이 차가 이렇게 나지 않았다면 만나지도 못했을 테니 내 나이가 고맙기도 했다. 많은 나이 차로 만났으나 그 때문에 사랑은 이루지 못할 사이라 생각하니 다행과 불행이 뒤섞여서 어떤 기분을 느껴야 할지 몰랐다. 이렇게 설렘에 미움과 고마움이 더해져 달콤한 우울에 젖어 지내던 얼마 후, 우리 관계를 요동치게 만든 사건이 터졌다.

그 아이의 밝음에 물들어 나는 세상을 긍정적으로 보려 노력했다.
지금보다 좋은 사람이 되고 싶었다.

Day-2 — 그리움은 피곤을 모른다

아침에 눈을 뜨며
냉장고에서 물을 꺼내 마시며
세수를 하며
커튼을 열며
텔레비전 채널을 돌리며
낯설면서 친숙한 프랑스어를 들으며

지금, 한국은 몇 시지?
지금, 한국은 몇 시지?
지금, 한국은 몇 시지?

하루 종일 호텔방에 있었다. 좁은 방 안을 정신 나간 사람처럼 걷다가 침대에 누워 동그란 화재경보기가 박힌 천장을 보았다. 흰색 페인트가 칠해진 천장은 비어 있었고, 흰 천장에 그 아이의 얼굴이 가득 채워졌다. 벌떡 일어나 냉장고의 물을 꺼내 마시고, 샤워를 하고, 창문 너머 파리 거리를 내다보았다. 오가는 사람들로 몽파르나스 기차역 광장은 활기찼다. 10여 년이나 봐온 풍경인데 낯설었다. 시간은 가지 않았고, 나는 가지 않는 시간을 등 떠밀어 보내려 애썼다.

지금, 그 아이는 무얼 하고 있을까?

이별에 체하다 —— Day-3

아침의 파리는 세수를 마친 아기 얼굴처럼 말갛다. 전날 내린 비가 공기를 씻어, 하늘은 땅을 향해 몇 발 더 내려왔다. 습기가 적고 햇빛이 강해서 쾌적한 파리의 여름은 서울에 비해 걸어 다니기 좋다. 출근하는 사람들 틈에 끼어서 호텔을 나와 곧게 뻗은 렌 가Rue de Rennes를 걸었다. 거리에는 바게트와 크루아상 냄새가 가득했다. 그 때문인지 배가 고팠다. 식욕은 없었으나 허기는 없애고 싶었다.

유학 초기 카톨릭대학교 부설 어학원을 다닐 때, 매일 와서 에스프레소를 마시던 카페에 들어왔다. '지하철 다방café du métro'이라는 소박한 이름의 이곳은 생긴 지 100년이 넘었는데 몇 년 전에 리노베이션을 거치면서 현대적인 풍모로 거듭났다. 그래도 여전히 붉은 벨루어 천 의자와 소파는 고풍스러움을 자아냈다. 익숙한 공간은 포근하다. 나이 든 웨이터가 정장에 앞치마를 두르고 다가왔다. 그의 생기 넘치는 표정은 여전했다.

– 안녕하세요. 샌드위치 하나와 샤르도네 샴페인 한 잔 주세요.

DU MÉTRO

– 네, 바로 갖다 드릴게요.

화이트 와인을 한 모금 마셨다. 서울은 새벽 한시 정도일 터였다. 잠이 들 시간에 빈속에 마시는 와인은 식도를 타고 위를 찔러 깨웠다. 약간 어지러웠다. 바게트에 햄과 치즈를 끼운 샌드위치를 급히 한 입 베어 물었다. 내 맞은편 자리는 비어 있었다. 그 자리에 우리의 이별이 앉아 있었다. 그녀는 카레 돈가스와 맥주를 좋아했다. 돈가스를 먹기 전에는 늘 맥주를 원샷 했다.

– 이래야 과식을 안 하거든.

그 말을 가슴에서 꺼내 들으며 나는 남은 와인을 모두 마셨다. 옆 테이블의 할머니가 그런 나를 보더니 살포시 웃는다.

– 맛있게 먹어요Bon appetit!

– 네, 고마워요Merci, madame.

맛있게 먹으라는 인사와 눈빛이 고마웠다. 나는 미소를 더해 화답했다. 그녀가 이곳, 내 앞에 앉아서 이 밥상을 나와 함께 나누고 있다면 참 좋을 텐데……. 참 좋아했던 파리의 아침마저 지금은 생기가 없다.

먹은 것들이 얹혀 내려가지 않더니 결국 모두 게워내고 말았다. 먹어도 소화되지 않는 음식처럼 미루다 받아 든 이별은 내 마음에 걸려 있었다. 나는 이별에 체했다.
서울에서 가져온 전화기에 들어 있는 문자 메시지들을 꺼내 읽고, 사진첩에 보관된 사진들을 열어 보았다. 그녀는 나를 향해 환하게 웃었고, 문자들은 끝없이 달달했다. 음성 메시지함을 열었다.

— 오빠라고? Are you crazy? 아저씨잖아, 완전. 아니다. 『은교』처럼 할아버지라고 불러야겠다. 할아버지? 할아버지! 까르르. 오늘은 내 말 잘 들었으니까, 한 번 불러줄게, 잘 들어. 오오오오오오오빠.

Day-4 — 그 아이를 향해 잠들다

호텔 창문 너머로 보이는 밤 풍경이 고요했다.
거기에 비치는 내 실루엣은 낯설었다.
아마도 머리를 짧게 잘라서 그런 듯했다.

— 짧은 머리는 아저씨랑 안 어울려.
— 그래도, 한 번 해보고 싶은데…….

잡지 속 남자 배우의 헤어스타일로 바꾸면 지금보다 어려 보일 것 같았다. 주위에 수소문해서 머리 잘한다는 미용실에 가서 비싼 값을 주고 커트를 했다. 거울 속 내가 어색했지만, 조금은 어려 보이는 것 같기도 했다. 그 아이의 반응이 궁금하면서 두려웠다. 나를 보자마자 그 아이는 아무 말 없이 나를 안아주었다. 등을 토닥이며,

— 괜찮아, 머리는 금방 자라. 야한 생각 많이 할 수 있게 내가 도와줄게.

역시 무리였나 싶으면서도 그 아이의 도발적인 말에 온몸에 간지러운 웃음이 일었다.

호텔은 추웠고 이불 속에서도 소름이 돋았다. 하루 종일 걸어 다녀 몹시 피곤했지만 잠은 쉬이 들지 못했다. 되돌아갈 수 없는 그때를 떠올리며 나는 침대 깊숙이 파고들었다. 내 몸은 그 아이를 향해 잠들었다.

몸을 괴롭혀도 마음의 괴로움은 사그라들지 않는다.

돌아갈 곳 없는 마음 Day-5

사람들의 활기찬 모습이 싫어서 호텔 근처 좁은 골목길의 작은 영화관으로 피했다. 오늘은 페르난두 메이렐리스 감독의 영화 「콘스탄트 가드너」를 상영 중이다. 드문드문 들리는 외국어를 들으며 잠이 든다. 파리에 온 후 첫 번째 숙면.

이제 그만 집으로 돌아가세요Go back to your home.

아내가 내 집이었어. 이제 나는 돌아갈 집이 없어My wife was my home. I haven't any more.

영화 속에서 부인을 죽음으로 잃고 헤매는 남자의 대사처럼, 파리에서 나의 하루는 서울에서 잃어버린 그 아이를 중심으로 돌고 있었다. 설렘이 사랑이 아니듯 헛헛한 보고 싶음이 이별은 아니었다. 돌아갈 곳 없는 마음의 절망이 이별이었다.

길을 걷다 문득, 하늘을 올려다본다. 파리 하늘이 곳곳에서 맨 얼굴을 드러낸다. 사람들이 왜 무언가를 간절히 바라면 저절로 하늘을 올려다보는지 알 듯하다. 하늘의 구름이 몰려가는 곳을 향해 나도 걷는다.

버려진 것들에 자꾸 눈이 간다.

함께 늙어가지 못한다 ——— Day-6

이별이란
함께했던 과거가 아닌,
함께하지 못할 미래의 상실이다.

그녀와 함께 가지 못할
저 노부부의 시간.

우리는 함께 늙어가지 못한다.

며칠 전 일이다. 지하철에서 자리를 찾다가 방금 전 뒤 칸에서 본 할머니가 앉아 있는 것을 보았다. 어떻게 나보다 빨리 왔지? 순간 이동이라도 한 건가? 정말 이상했다. 내가 착각했나? 하지만 할머니를 관찰할수록 분명 조금 전에 본 그 할머니가 맞다는 확신이 들었다. 순간, 서늘하니 무서웠다. 몇 정거장 후, 할머니가 내리기에 따라 내렸다. 할머니는 뒤 칸에서 내린 할아버지와 나란히 걸어갔다. 키가 비슷한 그들은 적어도 50년쯤은 함께 산 부부처럼 보였다. 그들은 다르게 생겼으나 같은 분위기를 풍기고 있었다. 나는 그 분위기 때문에 그들을 같은 사람으로 착각했던 것이다. 저들이 그렇게 되기까지 함께 건너온 시간이 부러웠다.

그날 밤, 침대 모퉁이에 앉아 양말을 벗는데 눈물이 났다.
텔레비전은 켜두었다.

내 일곱 살의 여름은 피로 기억된다. 소를 키우던 할아버지 집 마당에는 소여물을 자르는 녹색 작두가 있었다. 거기에 마른 풀을 넣고 썰다가 검지 한 마디가 잘려나갔다. 시골 병원 의사는 잘린 손가락은 붙일 수 없으며, 감염 위험이 있다고 손가락을 조금 더 잘라냈다. 그 덕에 내 왼손 검지는 오른손 검지보다 한 마디 이상 짧아졌다. 매미가 맹렬하게 울던 8월 오후였다.

크리스틴과 헤어지고 나서 잘려나간 그 손가락이 아팠다. 바늘로 콕콕 찌르는 듯한 통증은 생생한 현실이었다. 잘릴 때의 고통은 이미 치뤘으니 그 아픔은 잘려나가지 않은 손가락 쪽에서 피어올라 내 몸을 괴롭히는 것일 텐데, 잘려나가고 남은 검지를 아무리 문질러도 아픔은 사그라지지 않았다. 어떻게 내 몸에 없는 부위로 내가 아플 수 있을까. 몸의 환지통幻肢痛은 마음에서 비롯된다. 내 곁에 있던 크리스틴이 없어지니 혼자된 내 마음은 그 아이가 있는 듯 더듬더듬 찾는다. 찾으러 나섰으나 찾지 못할 때, 찾을 수 없음을 절감할 때, 통증이 인다.

슬픔은 더 큰 슬픔으로 달래진다.
내게 이보다 더 깊은 슬픔이 있을까?

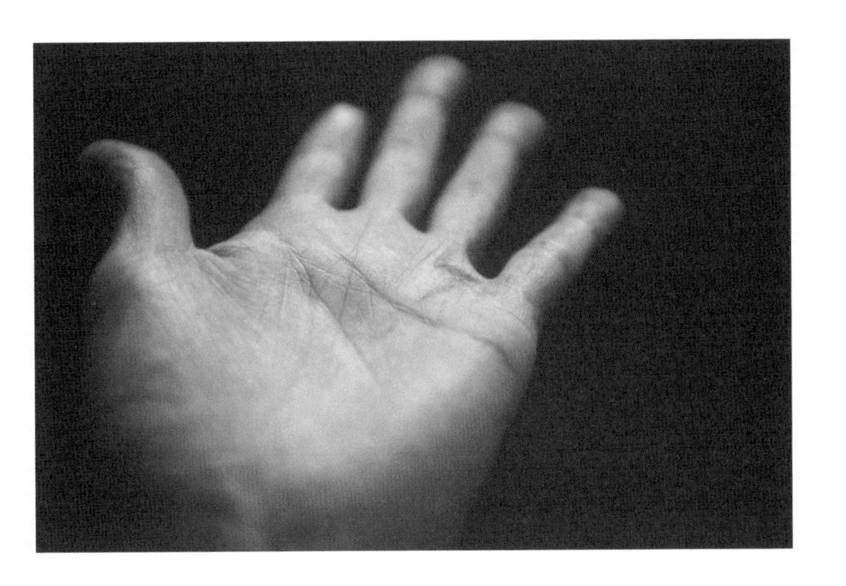

새로운 추억이 필요했다 ——— Day-7

꼭 찍어야 할 장면인데 새 필름이 없었다. 지금 저 풍경 앞에서 내 몸을 장악하고 있는 이 감정을, 설명할 수 없고 정의 내릴 수 없는 이 기묘함을 사진으로 기록하고 싶었다. 그러면 그녀가 다시 돌아와 줄 것만 같았다. 하지만 가방 속에는 이미 다 찍어버린 필름밖에 없었다. 내 몸의 감정은 서서히 빠져나가고 있었고, 다급해진 나는 손에 잡히는 필름 하나를 카메라에 넣었다. 로딩이 끝나고, 필름 카운트 창에 1이 표시되었다. 그렇게 눈앞의 장면을 찍고 또 찍었다. 셔터를 누르며 뷰파인더를 통해 스며드는 감정을 내 몸에 각인시켰다. 촬영했으나 현상하지 않은 필름에 담겼던 풍경 위로 새로운 풍경이 덧씌워지고 있었다. 이미 지나간 컷과 새롭게 만들어지는 컷이 엉키고 섞이고 있었다. 예전에 어떤 장면을 촬영했는지 기억할 수 없으니 나는 다만 더 많이 찍을 수밖에 없었다.

과거를 그대로 둔 채
현재에서 도망쳐 미래로 숨을 수는 없었다.

Day-8 ——— 사랑은 맛없는 음식을 맛있게 먹는 것

서울 곳곳을 걸으며 우리는 많은 이야기를 나눴다. 뉴욕에서 살았던 그녀는 여자아이들에게 상처를 많이 받았는데, 아시아 혼혈의 독특한 외모 때문이라 생각해서 가족들에게는 그런 사실을 숨겼다고 했다. 일부러 털털한 척 남자아이처럼 굴기도 했는데, 그래도 여자아이들은 이런저런 말들을 꾸며냈고 자기를 따돌렸다고 했다.

— 남자애들은 모두 날 좋아하고 여자애들은 모두 날 싫어했어.
— 왜?
— 너무 예뻤으니까. 예쁜 것도 피곤해.
— 그 정도는 아닌 것 같은데…….

피할 틈도 없이 그녀는 내 머리에 알밤을 먹였다. 연속으로 두 번. 크리스틴은 어린 시절 이야기를 할 때면 내 손을 꼭 쥐었다. 아빠와 엄마는 서로를 아주 사랑해서 같이 있으면 자신이 소외 당하는 기분이 든다고 했다.

– 비비안과 너는 별로 안 닮았던데?

무슨 영문에선지 크리스틴이 갑자기 웃음을 터뜨렸다.

– 우리 엄마, 비비안… 비비…안…… 까르르.
– 미국 이름 아니야?
– 킥킥. 그런 거 없어. 우리 엄마 이름은 요시코야.

비비안 리를 좋아해 이름이라도 그리 불리고 싶어서 처음 만나는 사람들에게 자신을 비비안이라고 소개한다며, 크리스틴은 눈물까지 흘려가며 웃었다. 집 밖에서는 비비안이라 불리는 요시코는 정말 요리를 못한다는 말도 덧붙였다. 그나마 유일하게 잘하는 요리가 돈가스라며 또 킥킥거렸다. 사랑은 맛없는 요리를 맛있게 먹어주는 것이라고, 제 아버지의 목소리를 흉내 내며 크리스틴은 뭐가 그리 우스운지 또 웃음을 터뜨렸다. 엄마가 다니던 대학의 젊은 교수가 지금의 아빠가 되었다며, 부모님의 연애 이야기를 들려주었다. 시간이 지날수록 부모님의 모습에서 나이 차가 느껴지지 않는다는 말에서 염치없이 나는 괜한 부러움을 느꼈다. 그런 부모 밑에서 그 아이는 사랑을 많이 받고 자란 듯했다. 내 몸은 쉴 새 없이 말하고 까르르 웃는 그 아이 속으로 건너가고 싶어 쩔쩔맸다.
사소한 비밀들을 털어놓으며 우리는 급속도로 가까워졌다. 나는 그 아이와 만나는 게 즐거웠으나 사랑이라고는 생각하지 않았다. 설령 그렇다 하더라도 나의 속절없는 짝사랑으로 그칠 것이었다. 연인이 될 가능성이 있다고는 조금도 상상하지 않았다. 그것은 내가 아는 사랑이 아니었다. 다만 나는 언제 끝날지 모를 지금의 이 관계를 잃고 싶지 않았다. 지나고 보니 저 멀리서 파도가 밀려오는데 발끝에 닿는 바닷물이 좋아 넋을 놓고 있었던 것 같다. 내 덕분에 크리스틴이 서울에 정을 붙인 것 같다며 요시코가 고마움의 뜻으로 과외비가 든 봉투와 일본산 수제 초콜릿을 건넬 때는 미안함이 앞섰다. 그 초콜릿을 집어 먹으며 그 아이는 퉁명스레 말했다.

— 엄마한테 말하지 마. 엄마는 소녀라서 우리가 수업 외에 따로 만나는 거 알면 상처받을 거야.

진짜 문제는 내 여자친구였다. 미술관 큐레이터였던 A는 사귄 지 100일이 지나자 결혼 얘기를 꺼냈다. 기나긴 유학 탓에 30대 중반에 들어서서야 사회생활을 시작한 나는 가정을 꾸릴 만큼 돈을 벌지 못했다. 부모의 그늘에서 벗어나려고 안간힘을 쓰던 때라, 무엇을 하든 아버지의 도움만은 피하고 싶었다. 에둘러 결혼을 미루자고 말했을 때 A는 몹시 실망했다. 그녀에게 연애는 결혼의 준비 과정이었다. 내게 그녀는 여자친구였으나, 그녀에게 나는 미래의 남편이었다. 남편과 남자친구의 간극은 컸고, 자신이 원하는 대로 내가 따라주길 바랐다. 시간이 지나도 간절한 바람이 희망에만 그치자 내 사랑을 의심했다. 의심은 오해를 먹고 자란다. 그녀는 내 휴대전화와 메일 등을 열었고 꼼꼼히 읽었다. 그 가운데는 결혼에 관한 고민을 친구들과 나눈 농담 섞인 문자메시지들도 있었다. 내가 적은 몇몇 단어들로 우리는 크게 다퉜고 눈물로도 싸움은 끝나지 않았다. 각자 다른 이유로 상대를 향해 서운해 했으니 그것은 다툼이 아니라 토로였다. 시작하지도 못한 싸움이었으니 끝나지도 않았고 끝내지도 못했다. 우리 앞에는 결혼 혹은 이별밖에 없었으나 결혼을 안 할 거면 헤어지자는 말은 차마 둘 다 입 밖으로 내지 못했다. 화해를 위해 여행을 떠났다. 초겨울 밤바다에서 장 막스 클레망이 연주하는 바흐의 무반주 첼로 연주를 들으며 과거는 그곳에 묻기로 했다. 너무 행복해, 라며 A는 내게 안겼다. 그리고 그날 밤, 사건이 터졌다.

'나 없이 혼자 여행 가니 좋아? 나 보고 싶지 않아?'

내가 잠시 나간 사이 크리스틴이 내게 문자를 보냈고 A가 그것을 보았다. A는 크리스틴에게 전화를 걸었고, 내가 과일을 사 들고 호텔 룸에 돌아왔을 땐 모든 일이 끝난 후였다. 크리스틴은 내가 A와 함께 여행 가는지 몰랐고, 나는 그런 것까지 이야기할 관계는 아니라고 생각했다. 크리스틴에게 나는 문학 교사일 뿐일 텐데 내 사생활을 자세히 공유한다는 것은 마치 내가 크리스틴을 여자로 보고 있다는 마음을 적나라하게 표현하는 모양새 같았기 때문이다. 나는 A에게 변명을 섞어 다급하게 설명을 이어갔지만 A는 내가 결혼을 망설이는 이유가 그 아이 때문이라고 확신했다. 조금 전의 화해는 파도의 거품으로 사라졌고, 과일은 신선한 상태로 버려졌다. 여행은 함께 떠났으나 각자 돌아왔다. 처음 같이 본 밤바다는 마지막 추억이 되었다.

서울에 오자마자 A를 만나러 갔다. 나의 말과 그녀의 말은 이야기로 엮이지 못했고, 연결되더라도 자주 끊겼으며 카페는 몹시 시끄러웠다. 침묵과 소음으로 커피는 식어갔고 우리는 다만 어쩌지 못하고 앉아 있었다. 나는 미안했고, 그 미안함이 전해지길 바라며 이미 빈 커피 잔과 그녀를 번갈아 보았다. 미안함으로 사랑은 지킬 수 없다. 오히려 그것은 사랑을 갉아먹었다. 결국 나는 A에게 큰 상처를 주고 헤어졌다. 그 일이 생기기 전까지 나는 A를 사랑한다고 믿었다. 만약 크리스틴을 알고 난 후에도 그 사랑이 여전했다면, 그날 그 카페에서 나는 어떻게든 그녀를 붙잡았을 것이다. 사랑은 한 번에 다른 사랑으로 대체되는 듯하지만 사실은 서서히 식어가서 다른 대상이 들어올 자리가 만들어지는 것이다.

모든 잘못은 내게 있었다. 두 여자를 향한 내 마음을 정확히 몰랐기 때문이다. 크리스틴과 친해지면서 A에게 그 일을 세세하게 말하지 않았을 때 어렴풋이 느껴지던 께름칙함을 잘 살폈더라면 누구에게도 상처 주지 않을 수 있었다. 둔하고 미련했다. 왜 나는 그 께름칙한 불편함을 방치했을까? 돌이켜보면 크리스틴을 좋아해서이기도

했지만 더 근본적인 이유가 있었다.

A가 결혼 이야기를 꺼낸 후부터 나는 내 자신이 무능하고 초라해지는 기분을 떨칠 수 없었다. 여러 일들을 하고 있었지만, 미래는 불투명했고, 통장은 빈약했다. 그것이 내 삶의 성적표였다. 연애가 이상이라면 결혼은 현실이다. 나는 결혼을 할 만큼 현실적인 조건들을 갖추고 있지 못했다. 그래서 결혼하지 않아도 되는 연인을 원했던 것은 아닐까. 그 께름칙함은 A에 대한 미안함과 새로운 연인에 대한 기대감, 그리고 내 자신에 대한 자괴감이 부딪히며 만들어졌을 것이다.
누군가와 사귄다는 것은 그 사람만을 사랑하겠다는 약속이니, 그를 제외한 모든 사람을 사랑의 대상으로는 포기한다는 뜻이다. '나는 당신을 사랑해요'라는 말의 의미는 '지금부터 미래의 모든 유혹에 굴복하지 않겠다'라는 다짐의 고백이기도 하다. 모든 선택에는 반드시 포기가 뒤따르고, 따라서 선택은 포기를 택한다는 약속이다. 나는 그 약속을 지키지 못했다. 변명의 여지는 어디에도 없다. A는 스스로에게 조바심을 냈지만 좋은 여자였다. 그녀와의 이별로 친구 몇몇을 더불어 잃었고, 나는 내 부도덕함을 부정하지 않았다. A와 끝내고 나니 크리스틴을 향한 내 마음의 밑바닥이 환히 보였다.
나는 크리스틴을 사랑했다.

다음 날 아침 일찍, 학교 앞에서 크리스틴을 만났다. 한숨도 못 잔 얼굴이었고 눈은 부어 있었다. 몸 안에 말들이 가득했는데 밖으로 내보내질 못했다. 표현되지 못한 말들이 가슴 끝으로 쓸려 내려가 소복이 모여 저희들끼리 부딪히며 들끓었다. 테이블 아래로 손을 잡았다. 몹시 차가웠다.

– 미안해. 모두 내 잘못이야. 미안해.

말로 전달할 수 있는 마음은 진심의 얼마나 될까. 내 진심을 전하지 못하는 말이 너무 무능하여 말은 할수록 어긋났다. 같은 말만 반복했다. 크리스틴은 두 손으로 얼굴을 가렸고, 목소리는 몹시 떨렸다.

— 아저씨한테 여자친구 있는지 몰랐어. 혼자 간 줄 알았어. 그래서 그렇게 장난친 건데…….
— 내가 말하지 않았으니 내 잘못이야.
— 아저씨, 좋아. 그래도 되지?

그 말에 내 몸의 밑바닥부터 따뜻함이 피어올랐다. 내 얼굴은 웃었다. 그녀의 말뜻이 그저 우정에 불과하다 할지라도 좋았다. 사랑까지는 바라지도 않았다. 욕심내지 말자, 언제든지 그 아이가 원할 때 보내주자 다짐했다. 누군가 이런 나를 부도덕하다고, 타락했다고 욕해도 변명할 생각은 없었다. 이것이 타락이라면 나는 더 타락하고 싶었다. 내 인생 전체가 흔들린다고 해도 이 아이의 손을 잡고 지구 끝까지 달려가고 싶었다.

— 평생, 죽을 때까지 내 곁에 있어줘. 나 떠나면 안 돼. 알았지?
— 응.
— 프렌치로 말해줘.
— 쥬뗌므 Je t'aime.
— 또.
— 쥬뗌므.
— 또.
— 쥬뗌므 쥬뗌므.

그녀의 말이 뜻을 이루어 내게 닿았다.

닿으니 아름다웠다.

내가 미쳤지 —— *Day-10*

며칠 후 저녁, 소나기가 내렸다. 편의점에 하나 남은 비닐우산을 샀다. 우산 아래로 그 아이가 들어오는 순간, 신선한 샴푸 향과 고소한 우유 냄새가 우산 속으로 쏟아졌다. 어깨가 닿을 듯 말 듯해서 나는 최대한 거리를 유지하며 걸었다.

– 아저씨는 비 다 맞잖아. 바보 같아.

그 아이 쪽으로 우산을 더 내밀었다. 그러자 팔짱을 끼며 내게 몸을 바짝 붙였다. 한쪽 팔에 가슴이 닿았다. 타닥타닥 우산에 떨어지는 빗소리를 들으며 한동안 말없이 걸었다. 할 말을 찾았으나 찾아지지 않았다. 이게 뭐라고, 나는 행복했다. 압구정 성당 앞을 지나다 마주 오는 차를 피해 잠시 옆으로 비켜섰다. 그 순간 서로 눈이 마주쳤고, 우리는 마주친 눈길을 피하지 않았다. 키스는 우연이었다. 처음에는 용기를 모두 모아 한 대 맞을 각오로, 두 번째는 놀랐지만 미소 짓는 그녀 얼굴에서 얻은 자신감으로. 그리고 그녀의 얼굴을 손으로 감싸고 촉촉한 입술을 온전히 포갠 세 번째 입맞춤이 우리의 첫 키스였다.

— 이 아저씨가 왜 이러나 싶어 완전 깜짝 놀랐는데, 그게 귀엽고 재미있었어. (웃음) 내가 미쳤지.

지금도 내 입술 주름 속에는 그날 그 입술의 떨림과 촉촉한 감촉, 불규칙적인 심장박동, 커피 향이 나던 숨결이 담겨 있다. 첫키스의 여운은 섹스보다 강하다.

Day-11

Day-12

Day-13

사랑은 가도 노래는 남았다.
남겨진 노래들을 부여잡고 며칠을 보냈다.

우리가 함께 들었던 노래들을 그녀도 듣고 있을까?
알아봐야 소용없는 일들이 궁금했다. 물을 수 없는데
알고 싶은 마음은 컸다.
이러지도 저러지도 못하니 다시 노래를 들었다.

이제 크리스틴은 나와 상관없는 사람이다, 라는 문장은
오늘도 쓰지 못했다.

아메데오 모딜리아니, 「커다란 모자를 쓴 잔 에뷔테른」, 1918, 파리 시립근대미술관

Day-14 — 그렇게 생각하기로 했어요

모딜리아니 그림 속 눈동자 없는 여자를 본다.
눈동자가 없으니,
누가 보고 싶을 리도
그리울 리도 없으려나?
혹시
그녀의 푸르게 칠해진 눈동자는
울 만큼 울어서 살아서는 더 울지 못하는,
눈물이 말라버린 눈동자일까?

서른세 살의 모딜리아니가 열아홉 살의 잔 에뷔테른을 만났을 때, 이미 그의 건강은 좋지 않았다. 장애물을 뛰어넘고 사랑을 이뤄낸 달콤한 시간은 짧았다. 한창 명성을 얻어가던 모딜리아니는 병으로 급작스럽게 죽었다. 슬픔을 견디지 못한 그의 어린 연인은 다음 날 새벽 네시 무렵 가족들의 눈을 피해 집에서 뛰어내려 자살했다. 그녀 나이 스물두 살이었고 둘째 아이의 출산을 얼마 남겨 두지 않은 상태였다. 모딜리아니는 잔을 모델로 총 20여 점의 초상화를 그렸는데, 나는 그들이 죽기 2년 전에 그려진 저 그림을 특히 아낀다. 당시는 둘이 아주 행복했을 때였다. 불행은 갑자기 들이닥쳐 일상을 산산이 깨부순다.

저 눈동자 없는 잔을 나는, 자신의 죽음을 예감한 모딜리아니가 혼자 남을 잔에게 "영원히, 내가 당신의 눈동자가 되어 주겠소"라고 고백하는 것으로 들었다.

— 첫 사랑은 자살했어요. 나와 헤어지고 집으로 가다가 다리에서 뛰어내렸대요. 강물에 떠내려가서 찾지도 못했어요. (……) 어딘가에서 살고 있을 것 같아요. 그렇게 생각하기로 했어요.

크리스틴을 만난 첫날, 우리는 팥빙수를 먹으러 갔었다. 한남대교를 건너는 택시 안에서 날 보며 그녀는 그렇게 말했다. 나도 모르게 그만 덥석, 두 손으로 그 아이의 오른손을 잡았다. 그때 그 아이가

울었는지는 차 안이 어두워 잘 보이지 않았다. 그 아이의 손은 여자의 손이 아니라 소녀의 손이었다.

그녀를 대상으로 꾸었던 많은 상상들은 이룰 수 없는 꿈으로 남았다. 더 이상 미래를 꿈꿀 대상이 사라지자 내게는 미래라는 시간 자체가 없어진 듯했다.

만약 내가 그녀에게 …… 했더라면?
만약 내가 그녀에게 …… 했더라면?
만약 내가 그녀에게 …… 했더라면?

바꿀 수 없는 과거에 발목을 잡히고 미래는 가정법으로만 말해야 하는 것이 이별이었다.

마음의 가시 — Day-15

사소한 일로 다투고 하루 동안 연락이 없었다. 집에서 휴대전화만 노려보고 있는데, 퀵 서비스 아저씨가 초인종을 눌렀다. 보내는 사람 이름에 '크리스틴'이라고 적혀 있었다. 포장을 조심스럽게 풀어 보니, 어린 장미 화분이었다. 전화를 걸었다.

– 웬 장미꽃이야?
– 꽃이 아니라 가시를 보낸 거야. 그게 가시가 제일 많았어.
– 그래서?
– 아저씨 때문에 내 심장에 가시가 돋았잖아. 어떻게 할 거야?
– 왜?
– 왜? 왜에? 아직 멀었어. 흥!

전화가 끊겼다. 다시 걸었다.

– 몰라서 물어? 내 참 어이가 없어서. 그리고 왜 내게 고백 안 해? 고백할 때 됐잖아? 키스했다고 사귀는 건 아니야. 착각하지 마.

귀여운 것.

나는 휴대전화를 붙들고 미친놈처럼 바닥을 굴렀다. 이 날을 잊지 않기 위해 사치를 부렸다. 백화점에 가서 고급 브랜드의 반지를 샀다. 분명 내 소득에는 과했지만 그런 걸 생각하고 싶지 않았다. 사귀자고 고백했다. 그녀는 "좋아"라며 내 볼에 뽀뽀했다. 사랑받을 때 여자는 더 사랑스럽고 더 아름다워진다. 반지를 하나씩 나눠 끼고, 화창한 서울 거리를 걸었다. 크리스틴은 재잘재잘 조잘조잘 쉼 없이 이야기했다. 문득, 두 달 전에 크리스틴이 했던 말이 떠올랐다.

— 〈오페라의 유령〉 보러 갈까?

극도로 기분이 좋을 때 크리스틴은 야생동물처럼 울부짖었다. 내 목을 끌어안고 폴짝폴짝 뛰었다. 곧바로 극장에 전화해 제일 비싼 자리를 예매했다. 처음 만났을 때 느꼈던 풋풋한 분위기가 우리 둘을 감쌌다. 공연장은 사람들로 가득했다. 불이 꺼지기 직전, 내 왼쪽에 앉은 그녀의 이마에 입맞춤을 했다. 두 손을 마주 잡고 공연을 봤다. 그 아이와 함께여서였을까, 공연은 흠잡을 곳 없이 재미있었다.

— 나는 네 음악의 천사다I'm your angel of music.

— 크리스틴, 날 위해 노래해Sing for me, Christine!

— 이제부터 날 크리스틴으로 불러줘. 아저씨는 나의 팬텀이야!

이때부터 그녀는 나의 크리스틴이 되었다. 우리만의 별칭을 갖게 되어 기쁜 동시에, 끝내 이루지 못한 그들의 사랑이 가슴 한구석에 걸렸다. 우리도 그렇게 될 것만 같았다. 첫날 보았던 영화 「폭풍의 언덕」처럼 이 작품도 슬프지만 아름다웠다. 하루 종일 흥분 상태였던 건지 공연장을 나와서 조금 걷던 크리스틴은 업어달라고 보챘다. 당황한 나를 아랑곳하지 않고 그녀는 내 등에 뛰어올랐다. 사람들이 쳐다봐서 부끄러웠지만 그것은 달콤한 부끄러움이었다.

— 자, 출발!

한 줌의 소녀를 업고 걸었다. 내 귀에 〈오페라의 유령〉의 멜로디들을 속삭였다. 행복했다. 행복은 일상이 평소의 무게를 잃고 공기처럼 가벼워지는 것이다.

— 왜 날 만나?
— 내가 무슨 말을 해도, 무슨 짓을 해도 다 이해해줄 것 같아. 언제까지나 무조건 내 편 들어줄 거잖아. 이런 느낌이 든 사람은 처음이야. 아저씨는 왜 날 만나?
— Ugly attractive.
— 죽을래?
— 완전 소녀처럼 생겼는데 성격은 소년이잖아. 그게 매력적이야.
— 매력적이란 말, 좋아.

왜 나는 그 아이를 만났을까. 예쁜 외모와 독특한 성격도 큰 부분을 차지하겠지만, 지금 생각해보니 그 아이는 내게 여자 이상의 존재였다. 무엇보다 '나다움'을 자각하게 만들었다. 처음 만난 날부터 우리 관계의 주도권은 그 아이가 쥐고 있었다. 그 아이가 하고 싶은 걸 했고, 먹고 싶은 걸 먹었고, 만나고 싶을 때 만났고, 가고 싶은 곳에 갔다. 평생 하고 싶은 대로 하고 살던 나였는데, 이상하게 그 아이와 있을 땐 그렇게 됐다. 그게 편하고 좋았다. 어쩌면 나는 수동적인 사람이었는데 능동적으로 살아야 한다고 스스로를 다그치며 살았던 걸까. 크리스틴을 만나면 나는 내 수동성에 정직할 수 있었다. 큰 단점이라고 여겼던 부분이 그렇지 않을 수 있다고 생각하고 나니 자기 욕망을 적극적으로 표현하는 사람들과도 잘 지내게 되었다.
내 앞에서 크리스틴은 언제나 크리스틴답게 말하고 행동했다. 나는 그녀의 대나무 숲이었고, 가능하다면 그 무엇으로도 대체되지 않는 아름다운 대나무 숲이 되고 싶었다. 그냥 밋밋하게 살아지는 대로 살던 내게 처음으로 살아갈 이유가 생겼다. 왜 나는 그 아이와 사귀었을까, 라는 질문의 답은 내가 처한 시기와 상황에 따라 달라졌으나, 그것이 가장 큰 이유였다. 그녀는 나를 있는 그대로의 나로서 대한 첫 사람이었고 비로소 나는 나를 직면할 수 있었다. 그녀는 내 삶의 이유이자 근거였다.

그 아이가 내 가슴에 피었다 진 자리에는 무엇이 남았을까.
오늘은 그늘로만 다녔다.

점쟁이의 예언 ——— Day-16

언젠가 사업하는 친구를 따라 점집에 갔었다. 점쟁이는 친구의 과거를 귀신같이 맞히더니 친구의 물음에 예언인지 예견인지 가늠하기 힘든 대답을 했다. 그에 곁들여진 무심한 눈빛이 피곤해 보였다. 그는 갑자기 내 손을 끌어당겨 손금을 들여다보았다. 내 손바닥은 땀으로 반질반질했다.

– 결혼했어? 안 했으면 지금 만나는 그 여자와는 평생 못 헤어져.

그 아이와의 관계는 아무도 몰랐기에 거짓말을 했어야 했는데 깜짝 놀란 나는 엉겁결에 그 아이와 결혼하느냐고 물었다.

– 결혼 수는 없어. 서로 돕고 의지하고 크게 성공하는데 결혼은 못해. 밖에 두고 살 여자야.

아! 귀신마저 우리 편이 아니었다. 그 아이에게는 말하지 않았다. 어지러운 선으로 가득한 내 손금 어디에 그런 내용이 들어 있는지 짐작할 수 없는 나로서는 그가 해준 말의 내용이 예언인지 허언虛言인지 판단하지 못했다. 믿기도 안 믿기도 어려운 내용이 뒤섞여 있어서 나는 왼쪽과 오른쪽 손바닥을 번갈아 보며 그 아이를 떠올렸다. 그 내용이 웃기기도 하고 어쩌지 못하는 내가 우습기도 했다. 단정 짓듯 말하는 그의 말투는 묘한 신뢰감을 주었다. 설령 그 내용이 허구라도 손금에 새겨질 만큼 우리 만남이 운명적이었음은 기뻤다.

그 점쟁이의 말이 혹시라도 맞는다면 우리는 결국 다시 만나게 되는 걸까?

이제 와서 내가 너의 이름을 부르고 오직 너만을 사랑하겠다고 한들 무엇이 달라질까. 늦은 것은 되돌릴 수 없다. 우리 사랑은 끝났다.

궁금한 것은 슬프다 —— *Day-17*

나는 미술관을 좋아한다. 시간을 보내기에 더없이 좋기 때문이다. 햇빛이 잘 들고, 그림 보는 사람들을 구경하는 것도 즐겁다. 오르세 미술관은 오후 한나절을 보내기에 알맞다. 유학 시절엔 그럴 여유가 없었는데, 3일을 오전 오후 번갈아 가며 그곳에 갔다. 어딘가 낯익은 얼굴의 동양인 여성을 어제에 이어 오늘도 보았다. 우연히 곁에 서게 되어 말을 걸었다. 프랑스 중부 지방 리옹에서 조각을 전공하는 한국 유학생이었다. 그냥 나를 여행객으로 단정하기에 파리에서 유학했었다는 말은 하지 않았다. 그 아이보다 나이가 많은 듯했지만 나보다는 어려 보였다. 핏줄이 보일 만큼 얼굴이 하얬다.

— 쿠르베의 자화상은 나르시시즘으로 명작이 되어서 그런지 어딘가 타인을 그릴 땐 그 열정이 좀 부족해 보여요. 반면에 고흐의 자화상은 솔직해요. 자신감이 좀 없어 보이기도 하고.

그녀의 나지막한 설명은 단순하고 분명했다. 그 말에 기대어 쿠르베와 고흐를 다시 봤다. 쿠르베 곁에서 고흐가 갖지 못한 자존감은 아

팠고, 멀리 있던 고흐가 가깝게 느껴졌다. 그는 무엇에 근거하여 세상에 대한 자존감을 만들어 갔을까. 기차역을 개조한 미술관 2층 난간에서 그 질문을 붙들고 서 있었다. 이별은 왜 연인뿐만 아니라 자존감마저 앗아가는 걸까. 사랑받는 일만큼 세상을 당당하게 바라보게 하는 힘은 또 없는 걸까. 궁금한 것은 슬프다.

그림 설명에 대한 고마움으로 그녀에게 저녁과 커피를 샀다. 그러고는 함께 센 강변을 걸었다. 영화 「비포 선라이즈」와 「비포 선셋」 이야기를 하자, 그녀는 「냉정과 열정 사이」를 알려주었다. 원래 따뜻한 사람인지, 유학 생활이 외로워서 그랬는지, 하고 싶은 말을 잘하고 내 말도 잘 들어주었다. 처음 알게 된 여자와 거리를 적당히 유지한 채 나누는 이야기는 점점 더 사적인 부분으로 옮겨갔다. 어느덧 해는 지고 눈앞의 에펠탑은 반짝였다. 에펠탑을 향해 걸어가는 그녀의 뒷모습을 사진으로 찍었다. 플래시가 터졌으나 그녀는 돌아보지 않았다. 사진기를 든 채로 나는 뒤돌아 호텔로 돌아왔다.

마음은 늙지 않는다 *Day-18*

나는 나이 든 얼굴이 좋다. 주름이 가득 패고 물기가 빠져나간 듯 메말라버린 얼굴들을 보면 마음이 편해진다. 어쩐지 그 얼굴들은 삶의 고통과 고난, 힘겨움을 이미 넘어선 듯하기 때문이다. 더 이상 슬픔이 없을 수는 없겠지만 그 때문에 잠 못 들고, 일상을 헝클어뜨리지는 않을 것만 같다.

> 매일 이별하며 살고 있구나.
>
> -김광석, 「서른 즈음에」

더 이상 김광석의 신곡을 들을 수 없듯이, 이제 나는 그녀의 새로운 소식들을 모른 채로 살아야 한다. 그녀만이 채워줄 수 있었던 것들을 이제는 누구도 채워주지 못할 것이다. 엄마를 잃은 아이는 엄마 없이 살다가 죽는다. 아빠의 새 부인은 만들 수 있어도 새엄마는 있을 수 없다. 그것이 이별이다.

청춘의 특권 따위 없다고 생각하지만, 굳이 있다면 그것은 시간이

다. 청춘은 시간을 낭비할 수 있다. 가장 좋은 빌미는 역시 여행이다. 파리에 와서 보니 내겐 아무것도 하지 않는 무료한 시간이 필요했었다. 지나가는 시간을 가만히 지켜보는 것. 바람이 불어와 나뭇잎들이 흔들리듯 시간도 그렇게 특별한 흔적을 남기지 않고 흘러갔다. 흘러가는 시간을 흘려보내게 되자, 이별은 나의 이별이 되었다.

몸이 늙어도 마음은 늙지 않는다. 그래서 나이 들수록 슬픔은 더 슬프고, 우리는 슬퍼질 일은 피하려 든다. 상처를 피해갈 현명함을 얻는 대가로 순수함을 잃는다. 그 아이 없이 나는 어떤 모습으로 늙어가게 될까?

우울할 땐, 가슴 — Day-19

몹시 우울했던 어느 여름 오후였다. 청바지에 헐렁한 티셔츠를 입고 그 아이가 카페 안으로 날아들었다. 카페 안은 잠시 모든 것이 정지한 듯했고, 사람들은 그녀를 돌아봤다. 그 아이의 얼굴과 몸에서 빛이 뿜어져 나왔다. 내 얼굴을 보자마자 단호하게 화를 냈다.

— 그게 지금 나같이 예쁜 여자와 데이트하러 나온 남자의 얼굴이야?

— …….

— 따라와.

가로수길의 어느 카페였다. 남자 화장실로 자연스레 들어가더니 문을 잠갔다. 당황한 나는 아랑곳하지 않고, 내 손을 잡아 헐렁한 티셔츠 안으로 이끌었다.

— 만져. 페북에서 보니까 남자들이 우울할 땐 여자 가슴이 최고의 약이라며.

페이스북 만세!

나중에 내가 "나 좀 우울한데……" 하고 말하면 그 아이는 "변태"라며 주먹으로 있는 힘껏 내 가슴을 때렸다. 무척 아팠다. 아프면서도 웃겼고, 빈손 가득히 그날의 감촉이 되살아났다.

버리면 잊힌다 ——— Day-20

왜 나는 파리에 왔을까? 원래 함께 오기로 했던 곳이라 떠나왔다고 스스로를 속였지만, 그랬기 때문에 이 도시만은 피했어야 했다. 진짜 이유는 무엇일까? 서울에서 당한 이별을 파리에 오면 마치 없었던 일처럼 착각할 수 있으리라 여겼기 때문일까?

가장 익숙한 도시에서 가장 힘든 이별을 정리할 힘을 얻고 싶었다. 파리에서 나는 그 아이를 잊고 싶었다. 정확히는 그 아이와 나눈 시간들을 잊고 싶었다. 둘은 하나였으니, 결국 나는 그 아이와 헤어진 현실에서 도망쳐 온 것이다. 도망치기 위해 짐을 꾸리면서 절대 넣어서는 안 될 것들을 가장 먼저 챙겼다. 그녀를 사랑하던 시간 속의 나, 그 시간 속의 그녀, 그리고 우리의 추억. 이별한 내 모습을 간직한 것들을 그대로 가져왔으니 외롭고, 그립고, 보고 싶고, 만지고 싶었다.

그 아이와 조금이라도 관계된 모든 것, 아이팟, 책, 노트와 CD 등을 비닐봉투에 담아 호텔 앞 쓰레기통에 버렸다. 모든 것을 버리고 홀가분함을 얻었다. 뒤를 돌아보고 싶었지만, 헤어지던 날 카페를 나갈 때 돌아보지 않은 그 아이를 흉내 내며 앞만 보고 방으로 돌아왔다. 화장실에서 손을 씻었다.

밤은 길었다. 설핏 잠들었다가 차 소리에 깼다. 침대 시트를 끌어당겨 머리 위까지 덮었다. 한숨을 내쉬고 벌떡 일어나 호텔 앞 쓰레기통으로 뛰어갔다. 쓰레기통에는 새 비닐이 끼워져 있었다.

나는 호텔을 파리 시청 근처 마레 지구의 오래된 다락방 같은 곳으로 옮겼다. 이 지역은 동성애자들이 많아서 곳곳에서 그들을 볼 수 있었다. 몇 년 만에 봐서인지 연인으로서 그들의 모습이 익숙하지는 않았지만, 사랑스러워 보였다. 그들은 사회적 편견에 맞서 자신이 원하는, 도저히 어쩔 수 없는 본성을 솔직하게 드러냈다. 자기 고민의 답을 찾았고, 고난을 딛고 일어난 자의 당당함으로 빛났다. 나는 그 용기가 부러웠다. 용기는 두려움을 녹이는 열정이다.

끝내 닿지 못한 입술 — Day-21

크리스틴은 입술 옆에 작은 상처가 있었다. 키스할 때 혀끝에 닿는 상처의 까끌까끌함이 좋았다. 어릴 때 다쳤다는데 자세히 묻지는 않았다. 증명사진을 찍어야 하는데 거슬려서 그걸 없애러 병원에 간다며 내게 전화했다. 간단한 수술이라 금방 끝났지만, 물이 닿으면 안 돼서 일주일 정도는 밖에 나오지 못했다. 며칠이 지나자 먹고 싶은 게 너무 많은데 집에 아무도 없다고 투덜댔다. 오후에 외근을 나왔다가 리코타 치즈 샐러드, 크루아상과 올리브 빵, 초밥, 전복죽, 레드벨벳 케이크, 생과일 오렌지 주스와 마시는 요거트 등 평소 우리가 즐겨 먹던 것들을 잔뜩 사서 그 아이 집으로 갔다. 흰 마스크를 낀 채 부끄럽게 웃으며 문을 열어줬다. 집 안으로 들어갔다. 따뜻한 공기 속에서 그녀의 냄새가 났다.

– 많이 사왔네?

– 다 먹어.

– 멋있는 척은…….

이틀 못 봤을 뿐인데 어색해서 신발도 벗지 않고 현관 입구에 어설프게 서 있었다.

– 엄마가 올지도 몰라.
– 응, 잠깐 보고 갈게.
– 나, 못생겼지?
– 그럴 날이 오긴 올 거야. 그런데 지금은 아니야.

그녀는 내 목을 두 팔로 끌어안았다. 그녀를 향한 그리움은 허기보다 강하게 내 몸 안에 가득했다. 내 품 안에 쏘옥 들어오는 그녀는 살이 조금 빠진 듯했다. 목덜미에 입술을 댔다.

– 머리 안 감았어. 냄새 맡지 마.

나를 밀쳐냈지만 나는 그녀를 확 끌어당겼고, 마스크를 낀 그 아이에게 키스했다. 마스크 너머로 그 아이의 통통한 입술 윤곽이 그려졌다. 나는 조금 더 깊이 다가갔다. 마스크가 그녀의 입안으로 말려 들어가면서 그녀의 윗입술이 조금 드러났다. 침으로 완전히 젖은 마스크는 우리 입술을 더욱 가깝게 붙여주었다. 귀에 걸린 마스크를 벗기려 하자, 그녀가 완강하게 거부했다. 그러고는 내 머리에 알밤을 세게 두 번 먹였다.

르네 마그리트, 「연인들」, 1928

— 역시 아저씨는 돌아이야.

끝내 닿지 못한 입술의 키스는 첫 키스처럼 날카로웠다. 영원히 잊지 못할 순간임을 직감했다.

— 다음 주에 서점에 데려가줘.
— 왜?
— 왜긴, 책 사러 가지, 바보야.

핀잔을 섞어 말했지만 초조함이 느껴졌다. 그 아이는 4학년 2학기가 되면서 취업에 대한 스트레스를 많이 받았다. 특별히 뭔가 하고 싶은 것이 없으니 더욱 불안해지는 모양이었다.

필요한 책들을 고른 후, 시집 코너에서 백석, 기형도, 이성복, 문태준, 나희덕, 문정희의 시집들을 펼쳐 낮게 속삭이듯 이것저것 읽어줬다. 그녀는 얌전한 사슴처럼 가만히 듣더니 시집을 빼앗아 아무데나 막 꽂았다.

— 흥. 기분 나빠. 이런 걸로 여자들 많이 꼬셨지?

사랑하는 여자가 질투에 빠지면 더욱 사랑스러워진다.

행복한 사람은 일기를 쓰지 않는다 ——— Day-22

행복한 사람은 일기를 쓰지 않는다. 쓸 시간이 없기 때문이다. 그래도 쓴다면 그것은 연인과 열어갈 미래의 달콤한 상상이거나 행복한 지금을 기억하기 위해 자신에게 보내는 편지다. 파리에 온 나는 매일 일기를 쓴다. 오늘은 그 아이와 헤어진 지 31일째다.

나는 그 아이의 무엇에 반했을까. 젊음? 예쁨? 웃음? 장난기? 그래, 그 모든 것에 분명 나는 끌렸다. 하지만 짐작되는 요인들을 모두 합쳐도 '맞아, 그래서 내가 그 아이를 사랑했구나'라고 완전히 수긍되지는 않았다. 가장 중요한 무엇인가가 손가락 사이로 빠져나가버린 느낌이다. 마치 통증은 확연한데 그 시작점을 찾을 수 없을 때 느끼는 답답함 같다. 다른 생각들로 탈출하지 못하고 억눌린 채 나는 파리 시내를 걸었다. 걷고 걸어도, 답답함은 해소되지 않고 점점 무거워져만 갔다. 그 아이를 사랑한 이유를 안다손 치더라도, 이별의 이유가 찾아지지는 않는다. 늦은 깨달음도 미련이다.

벚꽃 가득한 봄날, 체리핑크 색 립스틱을 선물했다. 입술을 핑크로 물들인 크리스틴은 거울과 벽, 내 집 곳곳에 입술 자국을 남겼다. 내가 잡으러 가면 고양이처럼 도망쳤고 사방에 더욱 진한 흔적을 남겼다. 그 아이의 입술 자국으로 좁은 아파트는 빨갛게 물들었다. 결국엔 내 입술과 얼굴, 머리카락과 목, 어깨와 셔츠에도 그 아이의 입술 자국이 선명하게 남았다. 그날, 그 아이는 립스틱을 모두 썼다. 혼자 있을 때 그 립스틱 자국들을 왼손으로 쓰다듬으면 웃음이 났다. 따뜻했다.

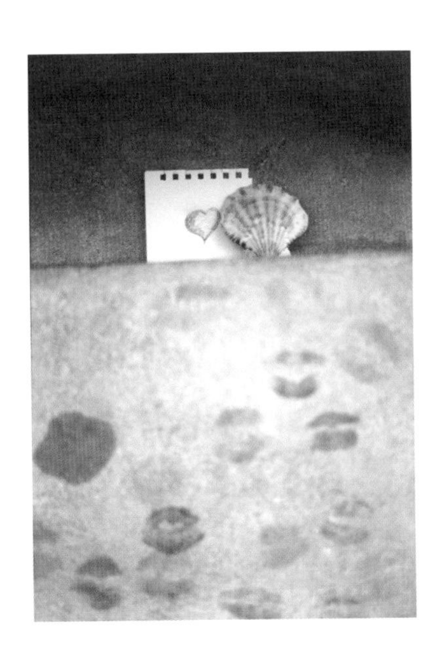

Are, you with me? —— *Day-23*

우연은 잔인하다. 파리에서 그녀와 관련된 모든 것들을 버렸고, 이젠 잊을 준비가 되었다고 여겼는데 '정말 그럴 수 있어?' 하며 비웃기라도 하듯 신은 내게 사진 한 장을 던져주었다. 그 아이가 내 운전면허증에 붙여둔 작은 사진은 단단하게 잠가뒀던 추억의 문을 열어젖혔다.

– 나 오늘 여기서 잘 거야. 그러니까 나가서 자.

그녀가 침대에 누우며 말했다. 밤공기가 차가워진 어느 가을날이었다.

– 왜 뭔 일 있어?
– 몰라 묻지 마. 완전 녹초니까.
– 요시코는 알아?
– 그렇게 궁금하면, 엄마랑 사귀어.

그녀는 이불을 뒤집어쓰고 돌아누웠다. 나는 거실로 나가 음악을 틀고 소파에 앉았다.

— 시끄러워.

문자메시지가 날아왔다. 음악을 껐다. 소파에 기대어 눈을 감고 있자니 며칠 동안 이어진 교정 작업으로 피곤해서인지 스르륵 잠이 들었다.

— 추울 것 같아서 그러는 거야. 절대 건들지 마. 건들면 죽여버릴 거야.

새벽녘에 내 품에 쏘옥 들어온 그 아이를 바짝 당겨 안았다. 어린 것들은 뜨겁다. 체온도 뜨겁고, 내쉬는 숨도 뜨겁다. 그 아이가 내쉬는 뜨거운 숨을 들이마시며 점점 뜨겁게 부풀어 오르는 욕망에 갈등하다가 지쳐 잠들려던 찰나,

— 날 정말 아끼는 거지? 입술로만 키스해.

욕망은 가까웠고 도덕은 멀었다. 무수히 상상했던 장면인데 현실로 닥치니 갈등 따윈 없었다. 손끝에 닿는 싱싱한 육체를 거부하지 않았다. 나는 내 욕망에 충실했고 크리스틴의 허리를 끌어당겼다.

— 아저씨, 나랑 같이 있는 거지? Are, you, with me?

음절마다 들숨과 날숨이 불규칙적으로 섞여 호흡이 가빴다.

— 심장이 콩콩거려, 빨리 뛰, 어서, 숨, 쉬기 힘, 들어.

불안정한 숨들은 가녀린 팔에 소름으로 드러났고, 쾌감과 죄책감은 동시에 나를 덮쳤다. 그 아이의 몸속이 너무 뜨거워서 내가 녹아내릴 것 같아 두려웠다. 몸의 쾌락은 머리의 판단을 제압했다. 내 평생 가장 강렬한 경험이었다. 누구에게도 말하지 못했지만 나는 차가운 사람이었다. 예의는 바르지만 정이 많지는 않았다. 타인의 슬픔은 내게도 슬픔으로 다가왔지만 동정심 이상의 무엇은 없었다. 울음이 많았는데 그 울음은 감정의 분출이라기보다는 풀리지 않는 응어리에 가까웠다. 상황에 만족한 적은 있어도 행복한 적은 없었다. 만족과 행복은 다르지 않다고 믿었다. 하지만 그것은 완전히 달랐다. 그때 그 순간 나는 행복했다. 행복은 충만한 기쁨이나 완벽한 만족이 아니었다. 행복은 불안의 최대화였다. 그 아이의 몸 안에서, 그 아이의 몸을 안고서 나는 다시는 이런 격정의 따뜻함을 느끼지 못할까 불안했다. 이대로 온 세상이 정지할 수는 없을까.

— 아저씨, 좋은 거지? 나는 따갑고 아픈데 참는 거야. 사랑, 하니까, 참는 거야.

나는 그 아이의 얼굴을 내려다보았다. 두 눈을 질끈 감은 눈가에는 작은 주름이 잡혔고 눈썹은 파르르 떨렸다. 섹스할 때 드러나는 그 얼굴을 꼼꼼히 살폈다. 꽃은 그 아름다움을 느끼는 사람의 것이듯, 섹스할 때 피어나는 그 아이의 얼굴은 나만의 것이었다. 나는 그 아이가 가진 모든 아름다움을 남김없이 알아채는 첫 남자이자 유일한 남자이고 싶었다. 앞으로 그 누구도 그 아이의 이런 아름다움만은 보지 못하길 바랐다. 그 가치를 모르는 무디고 둔감한 남자를 만나기를, 그것이 내 유일한 바람이다.

크리스틴과 밤을 보낸 다음 날 아침, 찰칵 찰칵 소리에 눈을 뜨니 크리스틴이 침대에 누워 있는 나를 휴대전화 카메라로 찍고 있었다. 깜짝 놀라 시트로 몸을 가렸다. 내 곁에 누워서 나란히 있는 장면도 여러 장 찍었다. 감은 내 눈을 억지로 뜨게 하더니 사진을 보여 주었다.

— 우리 너무 예쁘다. 그치?

서로의 몸을 품고 수많은 속삭임을 침대 속에 묻었다.

오늘밤은 그 아이의 목소리를 덮고 잠든다.

Day-24

어제의 일기를 꺼내 읽으며

오늘을 보냈다.

Day-25 선물은 독을 품는다

— 오늘도 명함을 세 장이나 받았어. 긴장해.

그녀가 자신이 받은 세 장의 명함을 찍어 보냈다. 학교를 오가는 버스나 지하철 안에서 낯선 남자들은 그녀에게 연락처를 묻거나 주곤 했다. 다음부터 그런 남자들에게 내 번호를 알려주겠다며 혀를 날름 내밀었다. 한 번은 말끔한 직장인 남자가 자신을 계속 따라온다며 겁에 질린 목소리로 전화를 해 지하철역으로 데리러 나가기도 했다. 이렇게는 안 되겠다 싶었다. 나는 도로 연수를 받기 시작했고 차를 알아보러 다녔다. 내 통장 잔액으로 살 수 있는 차는 평범했다. 나는 아버지에게 돈이 좀 필요하다고 전화를 걸었고, 기름 값이 많이 드는 수입 차를 샀다.

— 이제부터 내 전용 기사 해. 내가 취직하면 더 좋은 차 사줄게.

크리스틴은 초가을부터 여러 종류의 회사로 면접을 보러 다녔다. 독특한 이력과 이력서의 사진 덕분인지 1차는 대체로 쉽게 통과했다. 학교 다니랴 면접 다니랴 바빴지만 뭔가 딱히 이뤄지는 것도 없고 노력에 비해 얻는 것도 별로 없다며 투덜댔다. 이미 취업이 결정된 친구들이 늘어날수록 그 아이의 불안과 짜증은 날로 늘어갔다. 대학 졸업은 곧 현실 사회에 진입한다는 뜻인데, 그녀는 아직 새로운 시작에 대한 준비가 되어 있지 않았다. 그 무렵, 취업에 필요하다며 여러 스터디 모임에 나가기 시작했다. 바이올린을 그만둔 후로 살아지는 대로 살아왔을 그 아이가 측은했던 터라 다행이다 싶었다. 그 모습은 곧 나의 지난 시절이기도 했다. 내가 그 아이의 미래를 열어주지는 못하겠지만 기분만은 바꿔줄 수 있었다. 나는 그 아이에게 필요할 것 같은, 좋아하는 것들을 닥치는 대로 사줬다. 화장품과 가방, 신발과 옷, 귀걸이와 카메라 등을 선물했다. 선물을 받고 좋아하던 그 아이를 보며 나는 안도했다. 처음 같은 기쁨의 강도를 유지하기 위해 선물의 가격은 점차 높아져만 갔고 횟수도 빈번해졌다. 그렇게 해서라도 그 아이의 울적함과 어쩌지 못하는 짜증을 풀어주고 싶었다. 하지만 그것은 순전히 나의 이기심에서 비롯된 잘못된 선택이었다. 내 사랑을 표현하는 선의였으나 그것은 나를 위한 선의에 불과했다. 나는 미래에 대해 불안하고 힘겨워하는 그 아이를 보고 싶지 않았던 것이다. 그 아이의 성장통을 함께 견디려 하기보다 순간적인 진통제를 준 셈이었다. 돌이켜보면 이것이 이별의 가장 큰 이유였다. 다정한 말과 세심한 행동으로 사랑을 주고받던 우리의 관계가 필요와 편리를 추구하는 관계로 변질된 것이다. 선물의 형태로 전한 내 사랑은 우리 관계의 사랑스러움을 병들게 했다. 모든 사랑은 표현할 때 전달되는데 그 수단이 물질로 잘못 옮겨가게 되면 사랑에 곰팡이가 슬게 된다. 이렇게 될 줄 몰랐다고 변명할 여지는 있으나, 나는 여전히 미성숙한 남자였다. 선물의 액수가 커질수록 우리 사랑의 끈끈함은 묽어졌고 그로 인해 나는 초조했다. 다만, 그 근원을 묻기가 두려워 회피했다.

그 아이는 내게 'I love you'라고 적은 쪽지를 구겨서 던졌다. 펼쳐 보니 O는 끝이 열려 있는, O와 U사이의 어떤 글자였다.

— 1퍼센트 부족해. 좀 더 노력해 봐. 그러면 채워줄게.

초저녁과 자정의 어둠의 두께가 다르듯, 초여름과 한여름은 밤공기의 습도가 다르다. 낮의 열기를 그대로 품은 무거운 공기로 숨쉬기 답답하던 어느 날 밤이었다. 집으로 찾아온 그 아이는 나를 보자마자 그 자리에 서서 어린아이처럼 엉엉 울었다. 가만히 그녀를 안았다. 이유는 묻지 않았다. 대신, 그 아이를 데리고 춘천의 어느 호숫가에 갔다. 사람 없는 호수에 보름달이 한가득 들어차 있었다. 한여름 초록의 풀 냄새가 자욱했다. 크리스틴은 옷을 모두 벗고 호수로 뛰어들었다. 그 아이가 수영하는 모습은 안개 때문에 보일 듯 보이지 않았다. 나도 호수 안으로 들어갔다. 물은 차가웠다. 그 아이는 야생동물 같은 소리를 크게 내지르며 이리저리 헤엄쳤다. 그 소리들이 호수에 잔물결로 떠다녔다. 밤의 어둠은 그녀로 인해 깊어졌다.

그날 호숫가에서 크리스틴이 내게 안겼을 때, 그녀의 몸은 평소와 다른 냄새를 풍겼다. 비릿하면서도 달콤했던 그 냄새는 저 멀리 어딘가에서 그녀의 몸을 통해 내게 흘러온 듯 아득했다.

그날 작은 돌멩이 하나를 주머니에 넣어 와 책상에 두었다. 밤이면 돌 속으로 그날 밤이 흘렀고, 근원을 알 수 없는 냄새가 방안에 가득했다. 그 아이와 지나왔던 시간의 향기는 결국 추억의 맛이다. 지금 기억하는 그 아이의 향들이 사라진다면 나는 그 아이와의 추억을 모두 잊게 될까.

바람이 물을 건너가는 모습이 물결이다.
사랑이 시간을 견뎌내고 남은 모습이 추억이다.

왜 내게 프로포즈 안 해? —— *Day-26*

어느 일요일 오후 낮잠을 자고 일어난 그녀가 거실 마루에 다시 누웠다. 나는 소파 쿠션으로 머리를 받쳐줬다. 하지만 그녀는 쿠션을 빼 끌어안더니 내 다리를 베고 천장에 시선을 고정한 채 말했다.

— 아저씨.
— 응?
— 나를 파리로 납치해 줘. 가서 1년쯤 살다 오면 안 돼?
— 그냥 가면 되지, 납치는.
— 그게 더 낭만적이잖아. 하여튼 여자 마음을 하나도 몰라. 만약 내가…… 아니다.
— 뭔데? 안 어울리게 왜 그래 ? 말해 봐.
— 만약 내가 아저씨 아기를 낳으면 어떨까? 귀엽겠지? 하지만 결혼은 안 돼. 만약 그렇게 되면 우리 아기 잘 키워 줘.

그러더니 쿠션으로 얼굴을 덮었다. 장난인 줄 알고 웃었는데 그 아이는 울고 있었다. 결혼은 생각조차 안 해봤다. 아무리 불가능한 상

― 프로포즈 해, 빨리. 반지랑 꽃 가져와.

황이라도 여자는 사랑하는 남자의 아이를 낳는 상상을 한다고 크리스틴은 말했다. 나도 그런 상상을 한 적은 있다. 양쪽 부모님들의 반대와 곱지 않은 시선은 어떻게든 감당하겠는데, 그녀의 창창한 앞날을 막는 것만 같았다. 사랑한다고 해서 모든 것을 가질 수는 없다. 결혼하고 싶다는 마음은 정말 고맙지만 나와 결혼을 선택한 그녀가 언젠가 분명 후회하는 날이 올거라는 두려움을 떨칠 수 없었다. 하지만 설령 그런 날이 오더라도 나는 그날, 그 아이에게 청혼했어야 했다. 졸업이 가까워지면서 부쩍 불안을 자주 느끼던 그녀는 확실한 무엇이 필요했을 것이다. 나는 그 마음을 제대로 헤아리지 못했다. 사랑은 감정으로 시작해 관계로 키워나간다. 지키며 커져야 건강하게 유지되는 것, 그것이 사랑이었다. 그래서 사랑엔 결혼이 필요하다. 아무리 나이 차가 많이 나고, 최악의 여건이라도 그건 달라지지 않는다.

그녀가 몹시 미웠고, 미치게 그리웠다.

세상을 알아가기 시작한 나이와 세상에 더 이상 기대를 품지 않는 나이에 우린 만났다. 나이로 사랑하지 않고 사랑을 나이에 묶어두지 않았다. 단 한 번의 연애를 꿈꾸는 나이와 그런 사랑은 없다고 믿는 나이에 만났지만 그것이 문제였던 적은 없었다. 하지만 그것은 나의 착각이었다. 나이 차를 핑계로 나는 자꾸만 뒤로 물러섰다.

카페 라셰즈를 나오던 순간부터 나를 붙잡은 의문은 하나였다.

우리는 왜 헤어졌을까?

도무지 그 이유를 몰라서 답답했다. 전화를 걸어 묻고 싶었다. 왜 우리는 헤어지게 되었어? 내가 뭘 잘못했어? 그 아이의 말이 사실이라면 나는 예전 남자친구와의 이별의 고통을 묻을 상대였을 뿐일까? 그렇게 생각하면 머리는 명쾌했으나 마음이 아팠다. 그래서는 안 됐다. 열여섯 살의 나이 차라든가, 그녀의 옛 남자친구 때문이라든가, 마음에서 물질로 전이된 사랑의 표현 방식 탓이라든가, 취직 후 서로 달라진 일상 때문이어서는 안 됐다. 내가 더 잘해주지 못했고, 내가 더 사랑해주지 않았고, 내가 더 아껴주지 못해서 우리는 헤어진 것이어야 했다. 내 그릇이 작아서 그 아이를 제대로 품지 못했고, 사랑하는 여자를 제대로 사랑할 줄 몰랐다. 자신에게 무자비하게 정직할 용기가 있다면, 문제의 답은 쉽게 찾아지는 법이다.

> 실은 너를 만나는 일이 재난인 줄 알고 만난다. 그리고 그 재난이 어떤 종류의 반복이라는 사실도 훤히 안다. 정작 내가 모르는 것은 그 재난을 회피할 정도로 내가 내게 행복을 허락할 수 있는가 하는 점이다.
>
> –김영민, 『동무론』(한겨레출판, 2008)

Day-27 모든 고통은 현재다

걷고 또 걸었다. 파리는 나를 이리저리 끌고 다녔다. 생제르맹데프레에서 오페라로, 바스티유에서 오데옹으로 걸을 때, 내 몸은 온전히 그곳에 속했다. 몇 시간이라도 그 아이 생각을 하지 않고 파리에서 숨 쉬고 싶었다.

하루 종일 걸은 탓에 다리는 퉁퉁 부었고 종아리 근육이 한 겹 한 겹 찢길 듯 아팠다. 아픈 곳을 문지르고 파스를 붙여도, 뜨거운 물에 샤워를 해도 소용없었다. 아픔을 온전히 받아들이며 지나가길 기다렸다. 몸이 덜덜 떨릴 정도로 아프니까 내게 종아리가 있다는 사실을 깨닫게 되었다. 이별통에 포박당할 때, 내가 사랑했었음을 깨닫듯. 따라서 인간은 아픔으로 존재한다.

크리스틴을 향한 내 사랑을 모아서 태우면 어떤 냄새가 날까. 분명 지독할 것이다. 말라 굳은 마음이 아니라, 여전히 살아 있기 때문이다. 살아 있는 것들은 불에 잘 타지 않아 주변을 악취로 오염시키며 살아 있음을 증명한다. 그러니 모든 고통은 현재다.

사랑은 깨질 때보다 변할 때,

그 냄새를 짙게 피워낸다.

인생은 후회를 양분 삼아
미래의 행복을 열어가는 것이다.

나빴어. 정말 나 안 보려고 했어? ———— *Day-28*

– 영원히 내 편이 되어준다고 했잖아? 날 미워해도 내 곁에 있어줘. Please.

끝내 그 아이는 울었다. 며칠 전, 가족 여행으로 떠난 발리에서 우연히 옛 남자친구를 다시 만났다고, 그의 고백에 흔들린다고 했다. 그건 거짓말이었다. 한 달 전 즈음부터 그녀는 나를 제대로 바라보지 못했다. 나는 모른 척했다. 그냥 잠시 스쳐가는 설렘이기를 바랐다. 하지만 이미 그녀의 마음은 다른 이에게로 넘어간 게 분명했다. 그녀의 눈물이 그 사실을 알려주었다. 그녀는 마음을 감추는데 서툴렀고, 사랑에 빠진 징후는 확연히 드러났다. 지나간 연인과의 사랑은 말끔하게 끝나지 않은 모양이었다. 바이올린을 그만둔 이유를 비롯한 그녀의 과거사는 짐작되지 않았고, 그녀와 그의 이야기에서 나는 소외될 수밖에 없었다. 나는 괄호 밖에 찍힌 마침표였다. 이제 그녀를 보내주어야 할 때인가 싶어 덜컥 겁이 났다. '크리스틴 없이 어떻게 살지?' 이 문장은 의문이 아니라 탄식이고 두려움이었다. 그녀가 만들어가는 세상은 내 일상과 멀었고, 우리 관계는 이미 무너

져 내렸다. 더 이상 평범한 일상을 쌓을 수 없는 연인은 다만 이별만 남겨둔 처지에 불과했다. 미래가 없는 사랑은 사랑 없는 미래보다 잔인하다.

— 헤어지자.

그 말은 나를 붙들어달라는 초라한 고백이었다. 발리는 바람이 많이 부는 곳인지 전화기를 통해 바람 소리가 나에게도 전해졌다. 그 아이는 울음을 그치지 않았다. 대답 없이 울음으로 발리에서 끊긴 전화는 싱가포르에서 다시 걸려왔다. 그곳은 햇볕이 너무 강하다고 했다. 그 아이는 울먹이며 계속 곁에 있어 달라고 말했다. 힘겹게 이어지는 말은 심장을 후벼 팠다. 누구도 내게 그리 간절하지 않았다. 그 말에 나는 오랫동안 묶이겠구나, 직감했다. 이별의 위기를 경험한 며칠은 우리 관계를 더 단단하게 만들었다. 하지만 그때 남녀로서 우리의 사랑은 죽었다. 모든 일에는 조짐이 있다. 눈여겨보지 않으면 절대 드러나지 않는 미세한 변화와 어긋남의 조짐. 그날 그 아이의 눈물과 매달림이 그러했다. 그것은 호소보다는 미안함이었다. 그 눈물이 나를 위한 것은 아니었지만, 나는 나를 위한 것으로 받아들였다. 우리는 이별을 향해 출발한 기차에 타고 있었다. 그녀의 간절한 울음은 그 사실을 돌이킬 수 없음을 확인시켰다.

그 후로 우리는 거의 만나지 못했다. 문자로 안부를 묻는 정도였다. 항상 그 아이가 먼저 만나자고 했기에, 다만 나는 기다림으로써 그녀에게 일어나고 있을 일들의 경과를 내게 유리한 쪽으로 해석하고 싶었다. 그 남자와 끝내고 나에게 돌아오기 위한 과정일까. 궁금함은 누를수록 커지고 치솟아 오른다. SNS를 찾아볼까 하다가 왠지 멍청한 스토커 같아서 관뒀다. 궁금함은 그래도 참을 만했는데, 내가 모르는 누군가를 서울에서 매일 만나는 것은 아닐까 불안했다. 희망과 불안으로 마음이 요동쳤다. 사랑도 미움도 꾸며낼 수 있지만, 불안만은 속일 수 없는 감정이라던 어느 철학자의 지적은 정확했다. 나는 전화를 걸었다.

— 밥 먹을까?
— 좋은 데 가서 맛있는 거 먹자.

돈가스를 정말 맛있게 하는 곳이라며 크리스틴은 일본 음식점 이름을 일러줬다. 실내는 좁았고 기다리는 줄이 길었는데 신기하게 그 줄이 빨리 줄어들었다. 기다리는 동안 나눈 몇 마디는 우리 사이의 어색함을 녹였다.

— 나빴어. 정말 나 안 보려고 했어?
— 설마.
— 어떻게 지냈어?

하늘이 흐린 후에야 맑음이 그립듯, 사랑이 삐거덕거릴 때 평온함이 간절하다. 구름은 하늘을 스쳐 지날 수밖에 없고, 사랑은 다툼으로 깊어지기도 한다. 내게 그 아이는 여전히 하늘이었으나 나는 그 아이의 지난 하늘이었다.

땀이 말라가는 침대처럼 사랑의 열기도 식어갔다.

— 그냥. 똑같지. 책 만들고, 만들 책 들여다보고…….

— 재미없었지?

— 너는?

— 나야 완전 재미있었어.

'완전'을 스타카토로 탁탁 끊어 발음하는 게 '재미있었어'가 거짓말임을 알려주었다. 그때 크리스틴 안에 있는 소녀가 불쑥 튀어나왔다. 어른이 제 안의 어린 속내를 드러내 보이는 건 무척 귀엽다. 그 소녀다움이 귀여워서 웃었다. 내가 웃자 크리스틴은 돈가스를 집어 내 입에 밀어 넣었다. 목이 막혔고, 그 순간, 연애 초기로 돌아간 듯했다. 식당을 나와 거리를 걸었다. 그때 그 아이의 전화가 울렸다. 모 그룹에 최종 합격했다는 소식이었다. 나를 마구 때리고 꽉 끌어안기도 하며 뛸 듯이 기뻐했다.

— 역시 아저씨는 내 행운의 부적이야.

입사 축하 선물로 봐두었던 반짝반짝 빛나는 목걸이를 사주었다. 삶을 충실히 살았다면 후회가 적다. 애써 기억해내지 않아도 된다. 음미의 순간은 온몸으로 기억하기 때문이다. 크리스틴과 행복했던 순간들은 내 몸 어딘가에 포도송이처럼 단단히 매달려 있을 것이다. 그걸로 충분하다. 이것이 우리가 함께 행복했던 마지막 추억이다.

'크리스틴은 이제 나와 상관없는 사람이다.'

내가 쓴 문장을 물끄러미 내려다본다. 이름이 낯설다. 입으로 부르던 이름을 눈으로 읽을 수밖에 없게 된 지금에 익숙해져야 한다. 문장을 지웠지만 종이에 얼룩으로 남았다. 하얀 종이가 더 많은 글씨들로 더럽혀졌으면 좋겠다.
내 파리 여행은 이틀 남았다.

사랑의 고통이 두렵다면 —— Day-29

내일을 준비하려고

어제들을 곱씹으며

오늘을 보냈다.

지금까지 내가 다녔던 곳들을, 크리스틴에게 보여주고 싶었던 파리의 장소들을 되짚어 걸었다. 유학 시절 살았던 집에도 가봤다. 커다란 창문에 파란 커튼이 드리워져 있었다. 누가 살고 있을까? 무더웠던 한낮의 해가 창문 아래로 지고 있었다. 한 걸음 물러서니 창문으로 햇빛이 반사되어 눈이 부셨다. 자주 가던 길모퉁이 식료품점에서 체리를 사서 걸으며 먹었다. 사랑의 고통이 두렵다면 미녀를 피하라던 샹송 「체리의 계절Le temps des ceries」이 떠올랐다. 멜로디와 가사가 정확히 기억나지 않았지만 되는 대로 흥얼거렸다.

맛있는 걸 먹으면 유난히 더 그 아이가 생각났다. 헤어지기 전 마지막으로 만나던 날, 우리는 서울 시내가 시원하게 내려다보이는 호텔

레스토랑에서 점심을 먹었다. 높은 언덕에 위치한 호텔의 가장 높은 층의 레스토랑에는 왠지 산소가 부족한 것만 같았다. 그래서인지 시간은 창밖의 공기처럼 천천히 흘러갔고 숨이 막혔다. 커피와 생맥주를 주문했고 언제나처럼 내 앞에 맥주가 놓였다. 크리스틴은 킥킥거리지 않았다.

— 아픈 데는 없지?
— 매일 정신없지 뭐. 바쁘기만 한 것 같아.

— 일은 힘들지 않아?
— 실력이 없으니 어쩔 수 없지.
— 그게 무슨 말이야?
— 남들이 그래. 낙하산이라고.
— 무시해.
— 응.

— 요시코는 잘 지내시지?
— 매일 야근하니까 다른 회사 가라고 난리야. 우리 엄마, 서울에 친구가 없으니까. 생각해보니 아저씨랑 우리 엄마 참 잘 어울리는데…….

모처럼 만난 우리의 대화는 일상에 관한 질문과 답으로 이어졌으나 예전처럼 답이 다시 질문으로 이어지지 못했다. 그녀는 독특한 외모와 이력 등으로 회사에서 사람들의 입에 자주 오르내리는 모양이었다. 그로 인해 마음고생이 심한 듯했다. 하지만 나 아닌 다른 남자를 만나는 크리스틴과 마주 앉아 그동안의 안부를 물으며, 그녀의 상황을 안쓰러워하는 내가 너무 우스웠다. 지금 이 상황을 로맨틱하다고 포장해야 할까, 내가 피해자인 양 착각해야 할까.

— 미안해.

사랑하는 사람의 입에서 흘러나오는 그 말은 참담하다. 그 말은 더 이상 우리가 친밀한 사이가 아니라는 사실을 확인시키기 때문이다. 눈물이 눈썹 끝까지 차올라, 나는 필사적으로 어떤 표정을 지어야 속마음을 들키지 않을까 초조했다. 크리스틴의 전화기는 자주 울렸다. 고개를 숙이고 통화하는 모습을 보며 나는 오늘이 연인으로서 마지막이겠구나 싶었다. 아니다. 나를 향한 사랑을 이미 끝냈을 테니 오늘은 그 끝을 알려주는 날일 뿐이겠지.

— 갑자기, 그……

무슨 말을 하려던 크리스틴이 나와 눈이 마주치자 말을 잇지 못했다. 거짓말하는 모습은 어색했다. 계속 보고 있기가 민망했다.

— 데려다줄까?

— 데리러 오라고 하면 돼.

— 여기는 좀 이상하잖아. 저 아래 사거리 카페로 오라고 해. 거기까지 데려다줄게.

— 아저씨, 나 밉지?

— 응.

— 그래도 내 곁에 있어줘.

대답하지 못했다. 크리스틴의 말은 모순되었으나 내게는 그 모순을 거절할 힘이 없었다. '나도 너 미워. 그래도 내 곁에 있어줘'라고 말하고 싶었으나 나중에 후회할까봐 아무 말도 하지 않았다. 사거리에 차를 세웠는데 크리스틴은 내리지 않았다. 비상 깜빡이를 켰다. 그녀는 고개를 돌려 나를 정면으로 바라봤다. 선글라스 뒤에 숨은 그 아이의 눈은 어떤 표정일까. 내리기 전, 크리스틴은 오른손을 펴 살포시 내 뺨에 댔다. 그 아이 특유의 향이 났다. 나는 미소를 지었다.

— 갈게.

크리스틴이 내렸다. 보통 헤어질 때 그 아이는 '가지마' '가면 죽어버릴 거야' '내일 봐' 혹은 '연락할게'라고 말했었다. 그런데 오늘은 '갈게'였다. 이로써 우리는 헤어진 듯 헤어지지 않은 헤어진 연인이

나는 그 아이를 생각하고 생각했다.
내겐 생각이 그리움이다.

되었다. 더 이상 나는 그 아이의 일상을 물을 수 없었다. 가장 먼저 보이는 사거리에서 우회전을 해서 차를 세웠다. 핸들을 두 손으로 꽉 쥐었다. 며칠 후, 휴대전화를 노려보다 그 아이의 페이스북을 찾아 들어갔다. 바닷가에서 누군가의 손을 잡고 그를 향해 환히 웃고 있는 사진이 있었다. 수백 개의 '좋아요'와 수십 개의 '축하한다'라는 댓글이 달려 있었다. 유난히 댓글을 많이 단 이름을 클릭했다. 크리스틴과 둘이 찍은 사진들이 여러 장 있었다. 그 남자 얼굴을 유심히 보았으나 그 얼굴은 내게 아무 말도 걸어주지 않았다. 나는 페이스북이 미웠다.

Day-30 ——— 1주년은 파리에서……

하얀 케즈를 신고 그녀가 카페를 떠나던 그날, 입구 쪽에 앉아 있다 뒤따라 나가던 남자가 아마 남자친구였을 것이다. 큰 사건에는 확실한 증인이 필요한 법이다. 몇 분 후 나도 자리에서 일어섰다. 아이스 아메리카노 잔 주위에 흥건하게 맺힌 물에 조명이 비치면서 불빛이 반짝였다. 그때 나는 에펠탑을 둘러싸고 꽃처럼 피어나던 불꽃놀이 장면이 떠올랐다.

– 빨리 와서 이거 봐봐.

텔레비전에서는 7월 14일 프랑스혁명 기념일의 불꽃놀이를 보여주고 있었다. 검은 하늘에 빛나는 불꽃들이 가득했다.

– 파리에 살면서 저거 봤지?
– 응.
– 혼자만 좋은 거 다 보고…… 나도 직접 보고 싶어!
– 보러 가자. 1주년 기념으로 파리 가자.

저토록 아름답게 빛나는데 내 곁에서 이토록 멀리 떨어져 있다니…….

— 정말? 약속해, 약속. 우와.
— 내가 좋아하던 곳들도 같이 가고, 맛있는 것도 잔뜩 먹고, 사고 싶은 것도 다 사고…….
— 1주년은 파리에서! 우와, 우와 우우우.

그녀는 집 안을 소리치며 뛰어 다니다가 나를 껴안고 뽀뽀를 퍼부으며 좋아했다. 지금쯤 크리스틴은 텔레비전 중계나 휴대전화로 이 장면을 보며 그때를 떠올리고 있을까. 그녀가 보고 싶어 했으나 보지 못한 풍경을 혼자만 보고 있는 현실은 속상했다. 만약 함께 이 불꽃놀이를 보고 헤어졌다면 덜 슬펐을까.

검푸른 여름 하늘로 가늘게 날아올라 정점에서 숨을 고르듯 멈췄다가 꽃송이로 터지는 광경은 이루 말할 수 없이 아름다웠다. 꽃은 침묵 속에서 피고 지지만, 화약으로 피워내는 인공의 꽃들이 피어나는 소리는 웅장했다. 피고 지는 순간의 그 꽃에는 어떤 고통도 없었다. 불이 어둠을 밝히듯, 밤하늘의 불꽃은 파리를 빛으로 물들였다. 하지만 쉼 없이 터지는 불꽃들은 나를 더욱 외롭게 만들었다. 혼자라도 이걸 보겠다고 여기까지 온 내가 초라해 웃음이 났다. 폭죽이 터질 때마다 웃음은 커졌고 내 안의 그녀 얼굴도 커져만 갔다. 폭죽은 솟구쳐 터지고 불꽃은 추락하며 피었다. 하늘은 터지고 사라져가는 불꽃들이 뒤엉켜 신경질적으로 타올랐다. 파리는 모든 살아 있는 것들의 어제를 태워 없앨 기세였다. 내 안의 그녀도 그렇게 불타 없어지길 바랐다. 파리 길바닥에 떨어져 사라지는 것들의 잔향을 맡으며, 모든 어제를 어제로 묻었다.

어떤 일은 결말에 도달해도
끝이 나지 않기도 한다.

바람이 잦아드니 그리움이 깨어난다.

Day-31 너를 파리에 묻는다

이제 서울로 돌아갈 시간이다. 내겐 그녀의 사진 한 장만이 남았다. 사진에서 그 아이는 우리 집 현관 거울을 통해 나를 보며 말갛게 웃고 있었다. 얼굴 가득 흰 백합이 피었다. 이 사진을 어떻게 해야 할까? 말라비틀어진 사과를 씹으며 방 안을 서성였다. 머릿속으로 여러 장소와 다양한 방법들을 떠올리다가 예감처럼 한 곳에서 멈췄다. 곧바로 택시를 타고 몽파르나스 묘지로 향했다. 소설 『연인』의 작가 마르그리트 뒤라스의 묘지가 있는 곳이다.

프랑스령 베트남에서 태어난 가난한 소녀에게 부유한 중국 남자와의 사랑은 고통이었다. 하지만 그 고통은 소녀를 여자로 키워냈다. 사랑 속의 고통과 고통 속의 사랑은 몸을 뒤섞으며 하나가 되었는데, 그것은 참혹한 현실의 민낯을 통과하는 과정이자 예고 없이 들이닥친 성장통이었다. 소녀가 떠난 후, 제 앞의 시간들을 어쩌지 못하던 남자는 아편 연기를 내뿜으며 텅 빈 시간을 보낸다. 많은 시간이 흐르고 부인과 함께 파리에 온 남자는, 여자에게 전화를 걸어 아직도 그녀를 사랑하며 죽는 순간까지 그녀만을 사랑하겠노라 고백한다. 고통은 현재에서 과거로 흘러가지만 때론 그것이 영원한 현재일 수도 있음을 나는 소설 『연인』에서 목격했다. 고통은 기억이 아니라 느낌의 순간이기 때문이다. 이미 지나갔으나 끝나지 않는 사랑은 그래서 슬프다.

파리에서 유학하던 2005년 8월 8일, 한여름의 뤽상부르 정원에서 이 책을 읽었다. 나무는 신선한 초록의 이파리를 흔들어댔고, 바람은 멀리서 천천히 불어왔다. 만나지 못하더라도 평생 사랑하겠다던 남자의 독백은 나를 흔들어 놓았고, 해가 진 하늘을 걸어 이곳에 왔었다. 'Marguerite Duras 1914~1996'이라고 적힌 뒤라스의 묘를 바라보며 소설의 세계 안쪽으로 들어가 갈피 모르게 흔들리는 내 마음의 근원을 찾으려 했었다. 그때처럼 지금의 답답함이 나를 이리로 이끌었다. 연인이라는 관계는 끝나도 상대를 향한 사랑은 계속될 수 있을까? 그것을 사랑이라 부를 수 있을까? 죽은 뒤라스는 말이 없었고 나는 오늘도 대답을 찾지 못했다.

크리스틴의 사진을 데이지 화분 밑에 버렸다. 그렇게 나는 그녀를 파리에 묻었다. 홀가분함과 허전함이 동시에 찾아왔다. 사진을 찍을까 망설이다 돌아서 나왔다. 그때,

— 인생을 좀 뜨겁게 살아봐. 왜 그렇게 포기가 쉬워?

크리스틴의 목소리가 나를 때렸다. 그 아이의 물건들을 다 버리고 나서야 깨달았다. 그녀가 뜨거운 것이 아니라 내가 미지근했던 것이었음을. 언젠가 그녀에게 버림받을지도 모른다는 두려움에 나는 마음 놓고 사랑하지 못했고, 나와 그녀 사이에 보호막을 쳤다. 그녀와의 미래가 어떠하든 그것을 선택할 용기가 부족했다. 분명 나는 그 아이를 평생 내 곁에 두고 싶었지만 아무 말도 하지 못했다. 사랑의 완성이 결혼만은 아니기에, 내 사랑의 강건함으로 우리의 미래를 열어나갈 수도 있었다. 용기 없는 남자가 말하는 사랑은 허약했고, 행복은 허상이었다. 내 곁에서 그녀는 외로웠을 것이다. 모든 문제는 거기에 있었다.
그녀와의 이별로 나는 사랑이 감정놀음이 아니라, 나를 가장 밑바닥부터 뒤흔들어 깨우는 경험임을 깨달았다. 사랑은 행복과 불행, 만족과 불만족, 기쁨과 슬픔 등으로는 표현할 수 없는 그 이상의 총체적인 '무엇'이었다. 나라는 존재가 만들어지기 전에 인류가 몸에서 몸으로 전달해온 원초적인 감정의 질감과도 같았다.

나는 크리스틴을 사랑했었다.

사랑으로 행복했고

이별로 성장한다.

그녀 없는 파리

Paris sans elle

우리가 알았던 장소들은 단지 우리가 편의상 배치한 공간의 세계에만 속하지 않는다. 그 장소들은 당시 우리 삶을 이루었던 여러 인접한 인상들 가운데 가느다란 한 편린에 지나지 않았다. 어떤 이미지에 대한 추억은 어느 한 순간에 대한 그리움일 뿐이다. 아! 집도 길도 거리도 세월처럼 덧없다.

— 마르셀 프루스트, 『잃어버린 시간을 찾아서』 2권, 김희영 역(민음사, 2012)

남자는 자기만의 장소를 가진다. 사랑에 빠지면, 그곳을 연인과 나누고 싶어진다. 10여 년을 살았던 파리에는 내가 좋아했고 나를 다독여주었던 장소들이 있다. 그 아이와 함께 오리라는 설레던 기대는 이별로 사그라졌고, 공항에 내리면서 나는 그곳으로는 절대 가지 않겠다고 마음먹었다. 하지만 이별통으로 마음이 힘들수록 내 몸의 관성이 되살아나 그곳들을 찾아갔다. 짧게는 몇 시간, 길게는 며칠의 시간을 거기서 보냈다. 장소는 추억을 불렀고, 모든 추억은 크리스틴을 향해 모여 들었다. 어떤 곳에서는 그 아이에게 해주고 싶었던 이야기들이 떠오르기도 했다.

01

생쉴피스 성당

l'église Saint Sulpice

파리에 살면서 산책하는 습관을 갖게 됐다. 주로 아침에 작업을 하고 낮엔 학교를 가거나 일을 하다 보니 자연스레 밤에 산책을 즐겼다. 유학 시절에는 이유 없이 가슴이 제멋대로 달아올랐고, 사람이 자주 그리웠다. 그런 날에는 무작정 집을 나서 몽파르나스에서 생쉴피스까지 이어지는 렌 가를 걷곤 했다. 낮의 활기는 밤의 차분함으로 정돈되어 있었다. 사람 없는 거리의 쓸쓸함이 편안했고, 드문드문 불 켜진 카페 안의 사람들은 저마다 정다워 보였다. 다시 돌아온 파리에서도 그 밤길을 걸었다. 생쉴피스 성당이 보이는 카페 드 라 메리café de la mairie의 테라스에 앉아 여름 저녁의 시작을 바라봤다. 쓸쓸한 이방인의 눈에 비친 파리의 저녁 풍경은 생기와 여유로 가득했다. 그들을 지켜보며 생맥주와 커피를 한 잔씩 주문했다. 아차, 싶었지만 습관은 이토록 질기다.

이별보다 이별 이야기가 더 끈질기다. 이별의 순간은 '잘 지내' '행복해'라는 인사로 끝나지만 이별의 이야기는 그때부터 시작된다. 온전히 스스로 끝내야 하는 이야기인지라 그 끝은 한없이 늘어진다. 프랑스의 기호학자 롤랑 바르트는 이야기의 특징을 시작과 끝이 명확한 점이라고 꼽았다. 그렇다면 시작됐으나 끝을 모르는 내 이별은 아직 이야기가 되지 못한 무엇이니, 이승과 저승 사이를 떠다니는 유령의 처지와 다르지 않다. 이별은 하나이나 이별 이야기는 두 개다. 나와 그녀의 것은 다를 테고, 내 것도 갈무리하지 못한 채로 오늘 같은 저녁이면 그녀의 이야기가 궁금하다. 알아봐야 소용없는 것이 궁금한 이유는 끝내 버리지 못한 미련 탓이려나.

맞은편에 놓인 주인 없는 맥주는 건드리지 않았다. 흰 거품이 맥주 속으로 사라졌고 잔에는 물방울이 송골송골 맺혔다. 생쉴피스 성당 외관을 밝히는 조명이 켜지고, 비둘기는 떼를 지어 광장 분수대로 모여든다. 나만 빼고 온 세상이 즐겁다.

파리 국립 고등 미술학교 정원

École nationale supérieure des beaux arts de Paris

처음 왔을 때부터 이곳이 좋았다. 혼자 종종 왔고, 오지 못할 때에는 머릿속으로 떠올리는 것만으로도 위안이 되었다. 장소에 대한 호불호는 대체로 직관적으로 갈리는데, 이곳은 고즈넉한 뒤뜰과 로마나 베네치아에 있을 법한 분수대가 어우러진 분위기가 좋았다. 여름 오후에는 해가 구름을 따라 작은 정원에 가득히 내려와 흘렀다. 흙 밟는 소리와 분수대 물소리, 학생들의 잡담과 복도를 걷는 발자국 소리 등을 들으며 시간을 보내곤 했다.

오늘은 방학이라 평소보다 조용했다. 외로운 사람은 사람 없는 공간을 좋아한다. 나는 분수대 물소리에 대고 비밀을 털어놓았다. 몸 안에 가득한 말은 밖으로 나오지 못했다. 뒤늦은 후회가 많은 탓이다. 토로에 가까운 고백을 물에 실려 보냈고, 물은 물결을 일으켜 함께 슬퍼해주었다. 하늘은 파랑으로 내려와 내 비밀스런 이야기를 감쌌다. 소곤거리지 못한 문장들은 몸 안에 놔둔 채 나는 하늘이 비친 물을 손으로 떠 마시고 그곳을 떠났다.

나는 마음으로 아끼는 사람이 적다. 특히 살아 있는 사람에게 마음을 잘 내어주지 못한다. 나를 보호하는 벽을 높고 단단히 쌓았고, 사랑에서도 그러했다. 아마 평생 외롭게 살 것이라 예감했지만, 한편으론 그것이 내게 어울린다며 결혼도 피했다. 사랑은 언제나 연애까지였다. 연인이 결혼의 영역에 들어설 조짐을 보이면 겁을 먹고 경계했다. 하지만 그 아이는 벽을 단번에 허물고 들어와 내 밑바닥을 흔들어놓았다. 우리는 새로운 하늘을 보여준 연인을 잊지 못한다. 크리스틴의 손을 잡고 함께 본 하늘은 참으로 푸르고 아름다웠다.

퓌르스텐베르그 광장

Place de Furstenberg

크리스틴은 온몸으로 웃었다. 얼굴이 빨개지도록 웃을 때 상반신은 사시나무처럼 떨렸다. 그게 귀여워 어떻게 하면 그녀를 웃게 만들지 골똘히 연구했다. 오늘은 세 번이나 몸을 떨며 웃었다. 사는 보람을 느낀다. 고양이가 최상의 수면제라면 소녀의 웃음소리는 가장 달콤한 진통제다.

아침에 노트에 적힌 이 글귀를 읽고 파리에 있는 나의 나무를 찾아왔다. '나의 파리 나무'라고 부르는 나무는 퓌르스텐베르그 광장의 개오동나무다. 나무는 좁은 광장에 갇혀 있지만 높이 올라가 멀리 본다. 나무로서는 외로울지 몰라도 오가는 사람들의 사랑은 많이 받는다. 이 나무 아래에서 유학 초기에는 그리움으로, 유학이 끝날 무렵에는 두려움으로 서울을 떠올렸다. 그리움과 두려움은 이성으로 어찌할 수 없는 감정이라 나는 나무 주변을 맴돌며 그것들이 스스로 찾아들기를 기다렸다. 봄과 여름에는 광장에 떨어진 개오동나무의 꽃송이를 부적 삼아 재킷 주머니에 넣고 집으로 돌아오곤 했다. 보랏빛 향

이 방 안까지 따라왔다. 좁은 스튜디오가 넓어진 듯했고 불안은 누그러졌다. 가을과 겨울에는 앙상한 나뭇가지를 보러 오곤 했다. 겨울나무는 나무의 영혼을 보는 것이라던 말에 끌려 가지들이 추는 춤을 감상했다. 나무는 사랑으로 건강했다. 강건한 나무라야 향기 짙은 꽃을 피워낸다는 사실을, 나는 이 나무에게서 배웠다. 그녀와 파리에 함께 왔다면 파리를 누비며 그녀의 나무를 찾으려 했었다. 어떤 나무가 어울릴까? 몇몇 골목 모퉁이에서 보았던 나무들이 떠올랐으나 어느 것도 내 마음을 온전히 사로잡지 못했다.

바람이 불면 나무가 흔들린다. 흔들림은 가지가 가늘수록 커진다. 나뭇잎들이 흔들리며 게워내는 빛의 변화가 바람의 모양일까. 나무는 바람에 흔들리며 제자리를 지킨다. 아니, 나무는 바람에 흔들리기 때문에 제자리를 지킬 수 있다, 라고 고쳐 써야 한다. 광장에 앉아 나무를 올려다보았다. 하늘은 맑았고, 바람은 시원했고, 이파리는 푸르렀다. 모든 것이 제자리에 있었다.

꽃은 제 이름도 모르고 피었다 진다. 하늘을 향했던 꽃이 바닥으로 그 잎을 버릴 때 피어오르는 향기는 비릿하고 날카롭다. 살아서 피었던 꽃은 죽어서 향기로 살아간다. 생의 다음 단계로 넘어가는 전환점에서 꽃향기는 낮게 가라앉아 멀리 퍼지며, 봄을 걷는 인간의 마음을 물들인다. 꽃이 모여 새로운 꽃으로 피어나듯, 꽃의 향기는 봄과 만나 그리움의 향을 완성한다. 살아서는 맡을 수 없는 그 향처럼, 그리하여 '그대여, 내 곁을 떠나지 말아요'와 같은, 간곡한 말은 결국 그 아이에게 하지 못했다.

오데옹 사거리

Carrefour de l'Odéon

아름다움은 비율에서 비롯된다. 비율이 잘 맞아떨어질 때 인간의 눈은 대상을 아름답다고 인식한다. 그러니 아름다움은 이성의 판단에 근거하는 논리적인 과정이라 할 수 있다. 전형적인 비율은 깨졌어도 그 나름으로 균형 잡혀 있을 때 생겨나는 아름다움은 기묘하여 매력적이다. 샤를로트 갱스부르나 틸다 스윈턴 같은 배우가 내게는 그런 느낌이다. 또한 페르난도 보테로가 캔버스에 그린 인물들은 모두 거대한 볼륨을 갖고 있지만 무겁다기보다는 가볍게 느껴지는 이유도 그러하다.

파리지엔은 아름답다. 내게 그 아름다움을 이루는 핵심 요소는 두 가지다. 우선, 자기만의 스타일이 있다. 패션 잡지의 획일적인 유행에 휩쓸리지 않고 최대한 본인의 스타일을 추구한다. 설령 유행 아이템을 사더라도 자신에게 어울리게 소화해서 다른 사람들과는 다르게 느껴진다. 마치 딱 저 사람을 위해 만들어진 듯한 분위기를 풍긴다. 두 번째는 건강함이다. 마르지 않았지만 날씬하다. 마른 몸과 날씬한 몸은 다르다. 몸의 탄력이랄까, 건강함이랄까. 생기 있는 살의 느낌이 있어야 날씬

하다고 말할 수 있다. 많은 여성들이 말랐으나 날씬하지는 않다. 여성의 몸이 가진 특유의 육감성이 제거되어 있기에 살의 생기가 느껴지지 않는다.

크리스틴이 파리에서 태어났다면 어떤 모습이었을까? 저들 가운데 어떤 얼굴일까? 번화한 오데옹의 카페 르 당통Le Danton의 창가 자리에 앉아 파리지엔의 물결 속에서 오후 한 나절을 보냈다.

05

셰익스피어 서점

Shakespeare & company

월급날이면 크리스틴과 좋은 레스토랑에서 저녁을 먹고 서점에 가곤 했다. 처음엔 투덜거리며 따라오더니 언젠가부터 앞장서서 가자고 했다.

– 너 책 안 좋아하잖아?
– 누구 때문에 좋아졌어.

그 아이는 소설부터 예술서, 요리와 여행 분야의 책까지 두루 살폈다. 특별히 좋아하는 작가나 장르는 없었다. 그냥 표지를 보고 느낌이 오면 고르는 듯했다.

– 이걸 다 읽어?
– 지금 나 무시하는 거야? 날 무시했으니 이거 다 사줘.

피식 웃음이 났다.

SHAKESPEARE AND COM
37
CITY LIGHTS BOOKS

– 충동구매지. 책 쇼핑은 죄책감도 안 들어. 아이큐도 한 30정도는 올라가는 기분도 들고. 지금 내 아이큐는 200을 돌파했어. 멘사야. 뭐든 물어봐.

책을 고르고 책장을 넘기며 그녀는 노래를 흥얼거렸다. 바람소리처럼 가벼웠다. 나는 행복했다. 행복은 쉽게 잊히지 않는다. 그때 그녀가 골랐던 책 제목을 적어보기로 했다. 혀끝에서 제목이 터져나올 듯 말 듯 간지러웠다.

– 엄마는 모든 책을 포장해. 뭘 읽는지 남들이 아는 게 싫은가 봐.

그 아이는 책을 끝까지 읽은 후에는 접어놓은 페이지들만 다시 봤고, 한 페이지만 남기고 접었던 귀를 모두 폈다. 그녀가 자리를 비우면 나는 접어놓은 페이지를 펼쳐 보았다. 이 단어와 문장의 무엇이 그녀를 사로잡았을까?

낯선 여행지에서 우연히 만나 사랑에 빠진다는, 모든 여행객들의 환상이 영화 「비포 선라이즈」에서는 현실이었다. 기차 안에서 처음 만난 미국 남자와 프랑스 여자가 함께 오스트리아 빈을 여행하는데, 낯선 도시가 주는 긴장과 설렘은 그들을 하나로 묶어주었고, 하룻밤 사랑은 밀도 높았다. 해가 뜨기 전,

진한 키스를 마지막으로 6개월 후에 다시 만나자는 약속을 하고 두 사람은 헤어졌다. 아이폰도 페이스북도 없던 시절이었다. 그리고 10년 후, 「비포 선셋」이 시작된다. 남자는 그들의 러브스토리를 극화시킨 소설로 베스트셀러 작가가 되어 파리를 방문한다. 소식을 접한 여자는 그를 만나기 위해 팬 사인회가 열리는 '셰익스피어 앤 컴퍼니' 서점을 찾는다. 재회한 그들은 놀랍고 반갑지만 어색하다. 약속했던 만남은 무산되었고, 각자 이유가 있었다. 그 사이 남자는 결혼을 했고, 여자는 여전히 미혼이었다. 영화 속 시간만큼 배우들도 나이가 들고, 세상과 삶에 대한 고민도 달라졌다. 해가 지는 여름의 파리를

걸으며 그들은 지난 시간들을 불러온다. 끊어졌던 한때의 인연을 다시 현재에 겹칠지 견주어본다. 20대의 불안과 기대는 30대의 현실과 피곤으로 대체되었고, 둘의 재회는 그들을 다시 20대로 돌아가게 만들었다. 그래서 지금 걷고 있는 파리는 그때의 빈과 닮은 듯 다르다. 여자에게 이곳은 현실이고 남자에겐 이국의 도시다. 인연을 다시 이어 붙일지 끝내 그들은 망설인다. 남자의 출국 시간은 점점 임박해오고, 여자의 기타 반주와 노래는 달콤하게 늘어진다. 여자의 방 안으로 어둠이 밀려들고 영화는 음악에 실려 서서히 끝이 난다.

낭만은 현실과 밀당을 한다. 일상의 궤도를 벗어날수록 낭만은 달콤해진다. 지금부터 10년 후쯤, 우리 이야기를 책으로 써서 베스트셀러 작가가 된다면 그 아이는 나를 찾아올까? 서점을 나와 노트르담 성당을 향해 걸으며 그런 상상을 해봤다. 노트르담 성당의 뾰족한 첨탑 뒤의 하늘은 내가 가까이 다가갈수록 뒤로 물러났다.
이곳은 1163년부터 200여 년에 걸쳐 지어졌다. 850여 년 동안의 비와 눈, 바람과 태양을 맞으며 서 있었던 성당의 벽에 등을 기대니 지금의 이 모든 고통 따위는 하찮게 느껴졌다. 마음이 평안했다. 무엇이라도 믿고 싶었다.

몽수리 공원

Parc Montsouris

파리에서 에스프레소를 주문하면 보통 각설탕을 찻잔에 올려 준다. 설탕 맛이 싫어 넣지 않고 마시는데, 이번 여행에서는 커피를 마신 후 오도독 씹어 먹었다. 그뿐이 아니다. 평소엔 웬만해선 먹지 않는, 누텔라를 비롯해 각종 초콜릿, 과일절임, 사탕, 쇼콜라쇼 등 단 것들을 잔뜩 먹었다.

나이 차이가 예순 살 나는 외할머니와 함께 살았던 적이 있다. 당신의 둘째 딸이 내리 딸 둘을 낳은 후에 얻은 아들인 나를, 그녀는 무척 애지중지했다고 한다. 내 엄마의 엄마는 젊어서 남편을 먼저 떠나보내고 말로는 다 못할 한 많은 인생을 살았다. 비가 오는 날이면 아픈 허리에 파스를 붙여달라며 윗옷을 걷어올렸고 나는 메마른 거죽 위에 하얀 파스를 붙였다. 그런 날이면 외할머니는 초점 없는 눈빛으로 아파트 베란다 너머 멀리를 바라보았다. 그러다 문득 생각난 듯 호주머니에서 사탕을 꺼내 '아유 달아' 하면서 먹곤 했다.
누구나 후회를 안고 살아간다.

사랑은 불행을 필요로 한다.

누구에게나 잊을 수 없는 과거 하나쯤은 있기 마련이다.
주머니에서 꺼내 버릴 수 없는 미련이 있듯이.

모든 달콤한 것의 끝에는 도무지 어찌할 바 모를 슬픔이 배어 있다.
그렇다면 모든 슬픈 것의 밑바닥에는 어떤 달콤함이 깔려 있을까?

07

센 강

La Seine

물이 저렇게 많은데도 강은 소리 없이 흐른다.

흘러간 강물은 되돌아오지 않는다. 어제 이곳에서 나와 눈으로 만났던 그 강물은 지금쯤 어디를 지나고 있을까. 그곳에선 또 어떤 사람의 눈빛을 받고 있을까. 비밀 연애를 한 탓에 그 아이와 관계된 사람이 내게 아무도 없었다. 다행이었다. 만약 있었다면 그들과도 이별해야만 했을 테니까.
그 아이가 선물했던 시계가 오늘 오후 네시 32분에 멈췄다. 여러 번 떨리던 초침은 더 이상 움직이지 않았다. 한참을 노려보다가 시계를 손목에서 풀었다.

과거를 지우고 달콤한 고통을 남기는 것이 사랑일까?

꽃잎이 떨어졌다고 꽃이 죽은 건 아니다.
이별해도 사랑은 소멸하지 않는다.

영화에서 이별을 확신한 인물들은 반지를 빼서 강으로 던지곤 한다. 날아가는 반지는 제 몫의 고민을 모두 털어내어 시원하다는 듯 가벼운 포물선을 그린다. 센 강에는 얼마나 많은 반지가 버려져 있을까.

사람 마음도 반지처럼 휙 빼서 던질 수 있다면 어떨까. 그 순간의 결심으로 산다면 더 빨리 잊힐까.

그런 장면을 볼 때마다 어쩐지 나는 반지가 떠내려가지 않고 바닥에 착 달라붙어 있을 것만 같았다. 고민 많은 사연은 쉽게 잊히지 않기 마련이고, 반지를 뺀 손가락에는 멍 같은 자국이 남는다. 이 멍이 지워지는 시간이 반지를 처음 꼈을 때의 벅찬 기쁨을 잊는 시간이다. 결심만으로는 아무것도 바뀌지 않는다. 결심은 시작일 뿐이다. 사람들의 숱한 결심이 강물로 모여들었고, 나는 반지 대신 시계를 들고 센 강을 내려다보았다.

08

샹 드 마르스

Champ de mars

샹 드 마르스 정원의 풀밭에 앉아서 세계 각지에서 온 관광객들의 모습을 보며 시간을 보냈다. 에펠탑을 배경으로 사진을 찍는 행복한 표정의 그들은 예뻤다. 행복의 증명으로 찍히는 저 사진들이 언젠가는 다른 의미로 남겠지……. 나도 저들처럼 이곳에서 달콤한 매일을 보내고 싶었다.

크리스틴을 '납치'해서 파리에 왔었더라면,
만약 그랬었다면…….

때를 놓친 욕망은 후회로 남는다. 후회가 쌓이는 게 인생이라고, 꿈을 포기하고 사는 게 어른이라고들 말하지만, 그것은 핑계다. 행동으로 옮겼어야 했다. 제때를 놓친 '만약'이라는 모든 가정 앞에서 나는 초라하다. 우리 사랑은 영원할 줄로만 알았다. 내 심장은 많이 슬펐다.

카페 르 소르본

Café le Sorbon

카페 르 소르본은 파리의 대학로Rue des Ecoles에 있는 곳으로 소르본 대학이 바로 인접해 있다. '소르본'은 소르본 대학을 세운 '로베르 드 소르본'의 이름을 따서 만들었다. 비닐 코팅된 메뉴판에 그 내력이 짧게 적혀 있다. 이 지역을 카르티에 라탱(라틴어 지역)이라 부르며, 샹포Le Champo나 라신Racine과 같은 작은 예술 영화관들과 전문 서점들이 많다. 특히 카페 르 소르본은 방금 본 영화에 대한 생각을 정리하거나 새로 산 책을 펼쳐 보기에 더할 나위 없이 좋은 장소다. 이곳의 초록 소파나 의자가 편해서 좋았고, 에스프레소가 맛있었다. 하지만 내게 이 카페는 무엇보다 롤랑 바르트로 기억된다. 여기에서 그의 책 『신화학Mythologies』을 처음 읽었기 때문이다. 그는 "말로 표현되지 않는 건 아무것도 없다"라며 내가 언어로 표현하지 못하리라 여겼던 감정과 모순 들을 정확히 표현했다. 무엇보다, 바르트 덕분에 크리스틴과 사귈 수 있었다. 그녀와 처음 만난 날, 함께 「폭풍의 언덕」을 보고 슬프지만 아름답다고 말할 수 있었던 것은 유학 시절 탐독했던 그의 책 덕분이었다. 그를 읽지 않았더라면 그런 말은 못했을 것이다. 그래서 함께 파리에 온다면, 이곳에 와서 커피를 나누어 마시며 그 말을 들려주고 싶었다.

사진, 연극, 문학, 사랑, 패션 등 다양한 분야에 관한 그의 독창적인 단상과 통찰을 반복해서 읽으며, 나는 그가 제 몸이 느낀 바를 구조적으로 표현해내기 위해 부단히 노력했음을 알 수 있었다. 어머니가 죽고 상실감에 휩싸여 지내던 그는 콜레주 드 프랑스에서 강의를 마치고 나오다 이 근처에서 교통사고를 당했고, 끝내 수술을 거부했다. 그것은 사고사의 가면을 쓴 자살이었다. 동성애자였던 그에게 어머니는 절대적인 애정의 대상이었다. 자기 삶을 지탱하던 촛불이 꺼지고 나면, 검은 심지에 연기만 날릴 뿐이다. 살아도 산 게 아니었으니 죽음도 끝은 아니었다. 쉬잔 베케트가 죽고 몇 달 후 사뮈엘 베케트로 병이 악화되어 죽었다. 빈센트 반 고흐와 동생 테오도 그랬고, 평생 클라라 슈만을 잊지 못하고 마음에 담아두었으리라 짐작되는 요하네스 브람스도 그랬다. 그들은 서로 등이 붙은 쌍둥이처럼 한쪽의 숨이 멎자 다른 쪽의 생명력도 소실되어 서서히 죽어간 것이다. 남겨진 자는 죽고 싶어서 죽은 게 아니라, 더 이상 살아갈 힘을 잃고 삶의 끈을 놓아버린 것이다. 사랑 이상의 이토록 강한 감정을 무엇이라 불러야 할까?

Kadrimages
drimages
Tarifs reduits

BRASSERIE
THE
Le Sorbon
CAFE
BAR

오페라 가르니에 극장

Opera Garnier

내게 오페라 가르니에 극장은 마르크 샤갈로 기억된다. 서양 미술사에서 피카소가 대표적인 바람둥이라면, 샤갈은 가장 순애보적인 연인이다. 그의 그림은 떠나온 조국 러시아에 대한 토속성과 그리움, 사랑하는 '벨라'를 향한 찬가와 행복으로 가득하다. 특정 사조에 쏠리지 않고 자기만의 그림을 그렸기 때문에 샤갈은 평론가들에겐 인기가 없었다. 진실한 사랑이 가득한 그의 캔버스를 관객들은 좋아했다. 내게도 샤갈은 분석과 비평보다 감상과 음미의 대상이다. 그런 그가 1962년에 오페라 가르니에에 천장화 「꿈의 꽃다발」을 그렸다. 샤갈의 화풍과 고전적인 극장이 어울리지 않는다는 이유로 초기에는 반대가 심했다. 처음 봤을 땐 나도 그렇게 느꼈다. 하지만 지금은 샤갈의 그림이 이곳을 빛과 색으로 축복하고 있어 마치 성스러운 성당에 들어온 듯한 기분에 젖게 한다.

뮤지컬 〈오페라의 유령〉을 함께 본 날, 크리스틴을 업고 걸으며 작품의 배경인 이 극장과 뮤지컬 시작 부분에 떨어지는 샹

들리에, 샤갈의 천장화, 지하에 흐르는 호수 등에 대해 들려줬다. 그 아이는 그곳을 직접 보고 싶어했다.

— 좋은 건 혼자 다 보고 살았네. 흥!

오페라 가르니에 극장의 계단에 앉아 비둘기를 친구 삼아 팬텀과 크리스틴의 관계를 생각했다. 크리스틴은 팬텀을 사랑했다기보다 단지 많이 좋아한 듯하다. 천재적인 음악가 팬텀 덕분에 크리스틴은 탁월한 실력을 갖게 된다. 그녀에게 그는 새로운 하늘을 열어준 스승이었으나 사랑의 대상은 아니었다. 그 자리는 라울이 차지했다. 그렇다면 팬텀에게 크리스틴은 사랑이었을까, 집착이었을까? 사랑 없는 집착은 공포이나, 집착 없는 사랑은 의심스럽다. 다만 집착을 행동으로 옮길 때 비극이 시작된다.

여자는 새로운 하늘을 보여준 남자를 잊지 못한다.

로댕 미술관

Musée Rodin

다름은 눈길을 끈다. 매력적이다. 매력은 사랑을 자극하고 키워낸다. 상대에게 매력적으로 보이던 요소들이 상대의 몸과 마음에 온전히 흡수되면, 어느 순간 더 이상 힘을 발휘하지 못하며 사라지는 것일까? 그렇다면 매력과 익숙함은 공존하지 못한다고 말해야 할까?
그 아이는 내가 편해서 좋다고 했다. 왜 나는 더 이상 편하지 않게 되었을까? 그 아이를 편안하게 만들던 나의 자질이 그녀에게로 스며들어서 내 매력의 수명이 끝나버린 것일까? 나보다 더 편한 사람이 나타났다면, 나와 그 사람이 형성하는 편함은 다른 것일까?

혹시, 그것은 거짓말이었을까?

서로 달라서 사랑했고, 서로 맞지 않아 헤어진다.
진실은 어느 쪽일까? 둘 다일까?
그렇다면 같은 '다름'이 다르게 적용되는 이유는 무엇일까?

나는 그 아이의 소년 같은 명랑함과 현실에 잘 적응하지 못하는 불안함의 공존에 끌렸다. 그 아이와 있으면 나는 밝아졌고, 때때로 내비치는 소녀의 불안은 온전히 내 안으로 밀고 들어와 나를 흔들어 놓았다. 살아 있으니 불안하지, 라고 말하면서도 그 말이 담고 있는 차가움을 몰랐었다. 살아 있어 불안한 우리가 삶을 불안하게 살아야만 하는 건 아니다. 나는 그 아이의 불안을 내 몫인 양 끌어안겠다고, 그것이 어른의 사랑이라 말하며 한껏 위선을 떨었다. 내 몫의 불안도 감당하지 못하며 쩔쩔매면서 사내의 허세를 떨던 시간들, 내가 아는 사랑은 고작 그런 것뿐이었다. 이별하고서야 사랑을 배운다.

로댕 미술관에서 카미유 클로델을 생각했다. 젊고 아름답고 심지어 재능까지 있는 여자는 위험하다. 자극을 탐하는 남자라면 그에 넘어가지 않을 도리가 없다. 로댕은 그런 카미유 클로델을 품 안으로 깊이 받아들였고, 그 안에서 카미유의 재능은 성장했다. 그들에게 작품 창작과 사랑은 하나로 엮어 들어갔다. 하지만 동거녀를 버리고 카미유에게 오겠다던 로댕의 말은 말로만 그쳤고, 복수하듯 젊은 음악가 클로드 드뷔시와 짧은 연정을 나눴던 카미유는 끝내 버려졌다. 흔하디흔한 이야기다. 나는 로댕 정원을 걸으며 카미유의 심정에 대해 생각해봤다. 그녀는 연인에게 버림받은 고통보다 자신을 온전히 이해해주는 남자를 어쩌면 다시는 만나지 못하리라는 두려움이 더 크지 않았을까? 아름답고 재능 있는 젊은 여자를 온전히 품어줄 남자는 드물다. 크리스틴과 나를 생각해봤다. 나로 인해 그 아이는 얼마나 성장할 수 있었을까? 이별의 이유를 생각해보면 로댕처럼 나도 그저 그런 남자일 뿐이었다. 뒤늦은 깨달음은 후회로 남는다.

오귀스트 로댕, 「대성당」, 1908년, 파리 로댕 미술관

12

국립 도서관

Bibliothèque nationale de France

연인의 과거는 나를 외롭게 만든다. 나는 도저히 그 사람이 살아버린 시간들에 가 닿을 수 없는 탓이다. 나는 연인의 과거에서 완전히 제외되어 있다. 연인의 과거를 현재형으로 보고 싶지만 이제야 만난 우리에게 그것은 불가능하다. 대신 연인의 친구와 가족을 만나거나 옛 사진을 통해 상상할 뿐이다. 그 사람을 알아갈수록 필연적으로 그 사람도 경험적 의미에서 '과거'가 있(었)다는 걸 알게 된다. 지나간 시간 속에, 물론 나처럼, 그 사람도 누군가를 사랑한(했)다. 내가 알지 못하는 누군가에게 지금 나를 그토록 몸 달게 만드는 미소를 짓고, 반짝이는 눈으로 마주 보고, 부드러운 손을 잡게 했을 것이다. 이런 상상은 날카로운 가시가 되어 나를 찌른다. 그 누군가를 내가 알거나 사진으로라도 얼굴을 안다면 고통은 더욱 커진다. 못이 가득 박힌 길 위를 걸어가야만 했던 예수의 고통이 전이된다. 모든 연인은 사랑의 순교자다.

'사랑은 시간을 이기지 못한다'라고 거짓으로라도 써야만 하는 지금, 그 아이의 목소리로 저 문장을 듣는다면 덜 아플까?

파리 13구 톨비악 가Rue de Tolbiac에 위치한 국립 도서관의 건물은 펼쳐놓은 책을 모티프로 지어졌다. 센 강을 타고 멀리서 불어오는 바람으로 이곳은 언제나 시원하다. 그 아이와 함께 왔더라면 한 가닥 한 가닥 흩날리는 긴 머리카락을 한 모습을 사진에 담았을 것이다. 그 아이의 목덜미를 부드럽게 어루만지고 지나갔을, 바람의 손길을 닮고 싶었던 나날들은 끝났다. 이제 나는 그 아이의 '지난 연인'이다. 다만 나는 그 아이에게 천천히 잊히기를 바랐다. 되돌아갈 수 있으면 좋겠다는 부질없는 바람에 서글픈 한숨을 수없이 내쉬었다. 그런 바람과 한숨의 순간들을 무수히 보낸 후에야 나는 이별을 받아들일 수 있을 것이다.

나를 기다리는 아저씨를 관찰했어요.

불행해 보였어요, 나처럼.

그래서 아저씨가 행복해졌으면 좋겠다고 생각했어요.

왜 그런 생각이 들었는지 모르겠어요.

그냥 아저씨는 행복해도 될 것 같아요.

나 없이도 행복하겠지만 나 때문에 행복해져서 더 좋아요.

누구나 잊을 수 없는 기억이 있다.
내 몸이 없어진다면 그 기억도 사라질까?

퐁다시옹 카르티에

Fondation Cartier pour l'art contemporain

내가 무슨 생각을 하는지와 상관없이 나무 아래의 그들은
천천히 키스를 나눴다. 나는 그들을 지나쳐 걸었다.
내게도 저런 순간들이 있었다.
지금 내 입술은 이별로 차갑고, 그리움으로 뜨겁다.

철학가 김영민은 책에서 벗어나기 위해 산행과 산책을 한다고 썼다. 산책하는 동안 그는 글이 빈 풍경의 공간을 열고 들어가며 몸속에 들어찬 문자의 독을 걷어냈다고 했다. 그에 비할 수 없는 배움이지만 그를 흉내 내어 말하자면, 나는 걸으면서 발견하고 감각으로 지식을 넓혔다. 거친 지식과 생각 들은 부드럽게 반죽되어 내 몸 안쪽에 저장되었다.

오늘은 그 아이 생각을 그만하려 호텔을 나섰다. 현대예술을 위한 퐁다시옹 카르티에는 프랑스의 대표적인 건축가 장 누벨의 유리 외관으로 유명하다. 햇빛이 가득 들어 자연광으로 작품을 감상하기에 좋다. 나는 이곳 뒤뜰을 특히 좋아하는데 가꾸지 않고 그냥 내버려둔 듯한 자연스러움이 반듯한 건물과 묘한 대조를 이룬다. 이곳을 거닐다 나무 아래로 서로의 얼굴을 마주한 남녀를 발견했다. 누가 누구를 더 사랑할까? 훗날, 누가 먼저 이별을 말할까? 뜬금없이 그런 질문이 날아들었다. 세상이 불행해졌으면 좋겠다.

프랑스어에서 '쥬뗌므je t'aime'는 '사랑한다'는 뜻이다. 거기에 '많이'를 뜻하는 부사 '보꾸beaucoup'를 붙여 '쥬뗌보꾸'라고 하면, 그 뜻은 '많이 사랑한다'가 아니라 '나는 당신을 좋아한다'가 된다. '사랑한다'와 '좋아한다'는 비슷해 보이지만, 프랑스인들에게는 전혀 다른 감정이다. 사랑은 '사랑하다' 혹은 '사랑하지 않는다'로 인식될 뿐, '많이 사랑'할 수는 없는 것이다. 좋아하는 것은 양으로 측정되지만, 사랑은 질적 가치이기 때문이다. 사랑은 다른 대상으로 대체될지언정 나뉠 수 없는 감정이다. 말장난 같지만 생각할수록 장난이 될 수 없는 말.

우리가 살아온 시간이 기억을 남기고, 한 움큼의 기억은 추억으로 달콤하다. 에스프레소 한 잔에 담길 행복한 추억이 몇 년의 일상을 사는 힘이라고, 파리로 여행 왔던 누군가가 말했다. 직장 생활에 지쳐갈 무렵, 크리스틴도 파리에 한 번은 오겠지? 파리에 오면 내 생각이 나겠지? 그때 그 아이는 나와의 사랑이 추억으로 달콤할까? 그래도 나와 헤어진 걸, 함께 파리에 오지 못한 걸 후회했으면 좋겠다.

몽마르트르

Montmartre

보고 싶은 사람이 있을 때
높은 곳에 올라가는 이유는
넓게 열린 하늘로 바람이 그 얼굴을 데려오고
이런 내 마음을 바람이 그 사람에게 실어다주리라는
기대와 희망 때문이다.

너무 보고 싶은 얼굴이 있어
오늘은 몽마르트르 언덕에 왔다.
하늘은 맑고 바람은 시원하다.
멀리 있는 것들이 한층 가까워졌다.
내 마음도 그러했다.

오늘은 오늘 몫만큼만 슬퍼한다.
내일의 것을 앞당겨 슬퍼한다고
슬픔의 총량이 줄어들지는 않을 것이다.
슬픈 오늘을 살다 보면
언젠가 어제의 슬픔만이 남을 것이다.

퐁피두센터

Le Centre Pompidou

나의 파리 나무가 퓌르스텐베르그 광장의 개오동나무라면, 나의 파리 그림은 퐁피두센터에 걸린 사이 톰블리Cy Twombly의 작품이다. 그의 그림은 늘 아프다. 아픔이 뭉치로 전해져서 그 위치를 정확히 특정하긴 어렵다. 다만, 그 아픔은 세상이 만들어지기 전부터 생명 있는 모든 것들이 겪어온 원시적인 아픔으로 전해진다. 외형의 묘사를 벗어나서 현실을 환기시키는 추상화의 힘을 톰블리는 단순한 색과 선, 글자와 터치의 새로운 언어로 구현해낸다. 그 그림을 지나갔다가 멈췄다가 다시 돌아와 보았다. 피한다고 능사가 아닌 게다, 상처는.

흰 캔버스에 물감으로 칠해진 저것이 무엇이기에 이토록 나를 흔들어놓을까. 그림과 나 사이 어딘가에 안개 덩어리로 떠도는 그것에 내 글과 말로는 도저히 다가갈 수 없었다. 내게서 몇 센티미터 남짓 떨어져 있는 그 그림 앞에서 나는 어디에서도 느껴보지 못했던 외로움에 떨었다. 밥이 목에 걸리듯 톰블리의 그림은 마음에 걸려 있다. 목으로 넘어가지 않는 답답함을

고통은 참지 말고 드러내야 한다.

사이 톰블리, 「파트로클로스의 죽음을 애도하는 아킬레스」, 1962, 퐁피두센터

안고 미술관을 나섰다. 바깥 바람은 신선했으나, 외로움을 날려 보내진 못했다. 고통이 할퀴고 간 흔적은 시간이 지나 옅어질지언정 없어지지는 않는다. 흉터로 남아 마음의 얼룩을 만든다. 내 빈약한 언어로 말할 수 있는 것은 여기까지다.

또래 아이들의 따돌림으로 힘들었다는 크리스틴의 이야기를 들으면서 나는 이 그림을 떠올렸다. 함께 파리에 와서 톰블리의 그림 앞에서 내 마음 밑바닥에 꼭꼭 묻어둔 지난 시절의 상처를 들려주고 싶었다. 오늘은 톰블리의 헝클어진 선이 유난히 더 혼재되어 보였고 붉은색은 유난히 더 붉었다.

퐁피두센터의 넓은 앞마당에서 사람들은 저마다 자유롭다. 퐁피두센터는 미술관이라기보다는 예술을 핑계 삼아 모든 사람들이 모여 놀 수 있는 넓은 놀이터 같다.

마음을 나누는 친구끼리는 서로 닮는다.

튀일리 정원

Jardin Tuilerie

인간의 삶은 시간과 공간의 제한 아래에서 영위된다. 내 몸은 하나뿐이라 서울에 있으면서 동시에 파리에 있을 수 없다. 다만 어디서나 파리를 꿈꿀 수 있다. 그때 두 공간이 내 몸 안에서 겹친다. 마찬가지로 현재에 속한 내 몸은 과거로 돌아갈 수 없지만 그때를 떠올리는 것은 가능하다. 지금의 내 몸으로 과거를 불러들일 때, 현재는 과거를 껴안으며 포개진다. 하지만 포옹으로는 영영 하나 되지 못하는 연인처럼 현실과 환상은 서로의 품을 내어주더라도 하나일 수 없다.

시공간의 제한을 벗어난 경험을 꿈꿀 때 우리는 환상에 가 닿는다. 환상을 현실로 만들려면 마법이 필요하다. 내겐 사진이 마법의 지팡이다. 사진은 아무리 시간이 지나도 그때 그곳에서 벌어졌던 일을 간직한다. 사라져 없어지지 않는 것들은 소중하다. 사랑을 믿는 한 나는 사진을 찍을 것이다.

삶은 보다 많은 물질을 소유하기보다 사라지지 않을 추억을 만드는 과정이다. 돈을 떠나 살 수 없지만 돈의 논리에만 갇히고 싶지도 않았다. 돈을, 추억의 입장료로 치르던 순간들을 나는 사진으로 잡아두었다.

프로이트는 꿈에 대해 "생각은 단지 환각성 욕망의 대체일 뿐"이라고 썼다. 갖지 못하나 갖고 싶은 바람이 곧 환상이라면, 꿈은 생각이 멈춘 지점에서 그 원인이 제 생명을 스스로 지속시키는 행위다. 그러니 책의 길이 꽃으로 향하지 않더라도 책을 통과하며 그대를 향한 내 눈빛은 깊어질 것이다. 그 아이를 만나는 동안 사진을 찍지 않은 것은 환상이 필요 없어서였기 때문이다. 그때 모든 경험은 현재였다. 행복했다.

루브르 박물관

Musée du Louvre

파리에서 청춘의 한 시절을 보낸 나는 더디게 앞으로 나아가는 공부가 초조했으나 이 도시가 품고 있는 넓고 깊은 문화예술의 저장고는 마음껏 탐닉했다. 파리는 항상 축제라던 헤밍웨이의 글은 사실이었다. 아무리 꺼내 먹어도 넉넉해서 파리에 살면서도 파리를 전부 갖지 못해 안달이 나기도 했다. 갈증이 파리의 매력이다. 갈증은 도처에 있다. 하늘은 현재이나 건물에는 추억이 가득하고, 거리를 걷는 파리지엔은 현실이나 무대에 선 배우처럼 우아하다. 공존할 수 없는 시간과 공간 들이 하나로 포개진 독특함에 많은 사람들은 매혹당했다. 마르지 않는 풍성함과 매력에 젖어 파리에 와서야 피카소는 피카소가 되었다. 나 역시 그러했다.

루브르 박물관은 며칠에 걸쳐 와야만 제대로 볼 수 있는 방대한 컬렉션을 자랑하지만 나는 그중에서도 리슐리외관 2층 끝에 있는 요하네스 페르메이르Joharnnes Vermeer의 「레이스를 뜨는 여인」을 특히 아낀다. 그것만 보러 가기도 했다. 그 근처에는 관람객이 별로 없고 조용해서 그림을 조금 더 가깝게 느낄 수 있다. 뭔가 대단하지도 특별하지도 않은, 아주 일상적인 장면을 맑고 투명한 색채로 그려낸 점이 마음에 들었다. 많은 자식을 두었고 가난했지만 이런 포근한 정경을 그린 페르메이르는 분명 성정이 따뜻했을 것이다. 이 그림은 유난히 작아서 코가 닿을 듯 가까이 다가가 집중해서 보게 된다. 페르메이르의 그림을 보고 나면 세상 모든 사람들에 대해 무조건적인 애정이 샘솟았다. 누구를 미워하게 될 때면 머릿속으로 그의 그림을 떠올렸다. 그러면 미움이 조금은 사그라졌다. 예술이 우리의 일상 안으로 들어올 때 삶은 따뜻해졌다. 서울로 돌아가면 온기 품은 작품들을 곁에 많이 두고 살고 싶다.

요하네스 페르메이르, 「레이스 뜨는 여인」, 1655년경, 루브르 박물관

에펠탑

La tour Eiffel

롤랑 바르트에 따르면, 사진은 '거기에 있었다는 사실'을 보여준다. 거기에 에펠탑이 있었다. 그때는 하늘이 참 파랬던 가을이었고, 바람이 불었고, 그녀가 있었다. 우린 각자 하나씩 에펠탑을 갖고 싶었다. 나는 왼쪽, 그녀는 오른쪽을 택했다.

나는 이별을 겪고 다시 파리에 왔고, 기억 속 그녀와 더불어 저기 에펠탑이 있다. 하지만 내가 걷는 여기에 그녀는 없다. 기억 속에서 그녀를 꺼내 저 풍경 위로 투영시킨다. 현재는 과거가 되고, 과거가 현재로 밀려 나오는 순간! 쓸쓸했다. 예전에는 있었지만 지금은 없는 것, 롤랑 바르트식으로 말하자면 '작은 죽음petite mort'의 상황에서 내 마음은 지금 없는 그것을 갖고 싶다. 기대가 현실과 충돌할 때 만들어진 마음의 주름이 그리움이다. 그리움은 그때의 현실을 다시금 손에 쥐고 행복했던 그때의 기분을 다시 느끼고 싶은 마음이다. 지금 행복한 사람은 그리움을 모른다.

에펠탑 불빛이 반짝이면 두 손을 모으고 기도를 했다. 별똥별이 라도 본 것처럼 어디에서든 무턱대고 눈을 감고 손을 모았다. 기도의 내용은 크리스틴을 잊게 해달라는 것과 내게 다시 돌아오게 해달라는 것이었다. 내용이 대립되어서인지 기도는 효과가 없었다. 오늘밤엔 저 에펠탑이 그녀의 추억과 함께 영영 사라져 버리면 좋으련만…… 보름달이 문 밖에서 뜨고 졌다.

생제르맹데프레 성당

Église Saint Germain des prés

파리로 유학 왔을 때 나는 프랑스어를 거의 할 줄 몰랐다. 독해되지 않는 단어는 문자가 아니라 그림이었고, 미지의 언어 앞에서 내 몸은 빳빳해졌다. 틀리지 않으려 주의했고, 실수하지 않으려 예민해졌다. 신기하게도 말이 통하지 않을수록 오가는 마음은 더욱 잘 보였다. 거짓 '말'은 많아도 거짓 '눈빛'은 없기 때문이다. 내가 놓쳤던 그녀의 많은 눈빛들은 어떤 모양이었을까. 길을 걷다가 내 테이블 밑으로 불쑥 들어온 강아지와 아주 잠깐 눈이 마주쳤다. 파리에 와서 처음 느낀 따뜻함이었다.

파리는 동물과 더불어 활기차다. 언제 어디서든 산책하는 개를 볼 수 있다. 오늘 아침 햇살이 맑게 비치는 생제르맹데프레 성당 앞에서 캔을 입에 물고 걷는 강아지를 만났다. 강아지는 몹시 발랄했고, 뒤따라 걷던 남자의 눈빛은 사랑으로 빛났다. 사랑받는 것들은 자신감으로 강건하다. 길 한쪽에 서서 그들을 즐거운 마음으로 구경했다. 도시가 인간들만 사는 척박한 땅이라면, 동물이 그 땅을 거니는 순간 동화의 공간으로 바뀐다. 동물이 지나간 길에는 온기가 흘렀다.

먹을 것과 잠잘 곳을 보장받는 반려동물은 대신 제 주인에게 위안과 평온을 준다. 사람은 좋아하다가 싫어하고 즐겁다가도 싫증 내지만 동물은 그렇지 않다. 두 귀를 쫑긋 세우고 나를 물끄러미 바라보던 어릴 때 키우던 개 치타, 밤 늦게 집으로 돌아오면 스윽 다가와 내 다리를 휘감던 고양이 차차와 네코는 내게 항상 진심이었다. 그들의 마음은 하나다. 하나뿐인 마음을 제 곁의 사람에게 내어주는 그들이야말로 얼마나 고귀한 존재들인가. 진심에 배신으로 답하는 유일한 생명체가 인간이란 걸 알고 나서야 비로소 나는 사람보다 동물에 마음을 기대는 이들을 이해할 수 있었다.

그 아이는 동물을 좋아했다. 길을 걷다가도 개와 고양이를 만나면 크리스틴은 순식간에 다섯 살 소녀의 눈빛으로 바뀌어 달려갔다. 전생에 분명 개나 고양이었을 것이라고 놀리는 말조차도 칭찬으로 받아들였다. 놀림은 놀라움으로 돌아왔다. 머쓱했다. 파리를 걷다가 개와 고양이를 만나면 내 옆 자리가 더 크게 비었다.

거짓말은 있어도 거짓 눈빛은 없다.

마레

Le Marais

파리는 더럽고 지저분하다. 살아보니, 그런 것들이 파리의 자유로움을 만들어냈다. 지하철 안이나 육교 밑을 지날 때면 퀴퀴한 냄새를 피해 숨을 참아야 하지만, 그렇게 적당히 공존하는 불순물들이 내 몸의 긴장을 풀어준 것만은 분명하다.

퐁피두센터와 파리 시청 뒤편에 위치한 마레는 서울의 이태원과 삼청동을 섞어놓은 듯하다. 오래된 건물들이 좁고 긴 골목길에 즐비하다. 작고 예쁘고 특이한 가게들이 많아 구경하는 재미가 쏠쏠하고, 동성애자들의 아지트가 곳곳에 자리하고 있다. 이질적인 것들이 공존해서 항상 활기가 넘친다. 누구도 누구를 섣불리 판단하지 않고, 서로의 다름을 인정하는 이곳의 분위기가 나는 처음부터 좋았다. 피부색이나 얼굴 생김새 따위 상관없이 그저 나로서 있을 수 있었고, 그래서 덜 외롭고 더 편안했다. 크리스틴과 함께 왔더라면 단골 카페와 옷 가게, 빵집과 식당을 다니고, 노천 카페에 앉아 생맥주를 마시며 사람들을 구경하면서 오후 한나절을 보냈을 것이다.

C'Roll Sushi
C'Roll Sushi

뷔트쇼몽

Buttes Chaumont

— 아저씨가 좋아하는 가수들은 다 우울해. 밝은 노래 좀 들어.

사랑하면 누구나 시인이 되고, 이별하면 모든 노래가 내 노래 같다. 크리스틴과 헤어지고 나니 김광석과 이소라의 노래들이 나를 흔들었다.
김광석은 젊어서 죽었다. 서른한 살의 나이로 요절한 그의 노래는 그의 죽음과 더불어 다시 태어났다. 노래는 이미 불렸으나, 감상은 죽음과 함께 새롭게 시작되었다. 급작스런 죽음의 충격은 곧 상실의 슬픔으로 바뀌었고, 살아서 그가 겪었을 고통에 대한 미안함은 더욱 커졌다. 그 후로 김광석의 모든 노래는 영원한 청춘의 노래이자, 지켜주지 못한 사람에 대한 슬픔의 노래가 되었다. 우리는 늙어가고 그는 서른한 살에 멈춰 있다. 그의 죽음을 모른다면 온전히 노래로서 듣겠지만, 알고 나면 그럴 수 없게 된다.
내게 김광석은 목소리의 가수였다. 목소리가 가장 먼저 들렸고 마지막까지 남았다. 그 목소리가 내게는 누구도 어쩔 수 없는, 어쩌지 못하는 인간이라는 존재가 갖고 태어나는 원초적 인 상실감, 그리고 가능하다면 처음으로 되돌리고 싶은 간절한 바람이었다. 김광석은 가장 인간적인 목소리였다. 그래서 그가 희망을 노래할 때 나는 쩔쩔맸다. 가야 할 삶의 방향은 모른 채 몸에 힘만 잔뜩 들었던 내 가난한 20대가 떠올랐고, 그가 노래하는 희망을 얻기까지 지나온 삶의 불행과 불안, 고난과 슬픔 들이 내 것인 양 전염되었기 때문이다. 적어도 '김광석 세대'는 그것들을 남의 일처럼 듣지 못한다. 그의 노래를 들으며 나는 내 모국어가 한국어여서 고마웠다. 김소월의 시를 읽을 때도 그랬다.

이소라는 슬픔 한가운데 있다. 그녀의 목소리에는 아직 아픔과 그리움을 끝내지 못한 여자의 절박함이 배어 있다. 그녀는 성숙한 여자이나 사랑할 때는 어쩔 수 없이 소녀가 된다. 소녀에게는 감정의 균형이 없다. 좋으면 우주 끝까지 좋고, 싫으면 한곳에서 숨조차 나누기 싫다. 소녀이면서 성숙한 그 여자는 슬픔을 노래하는데, 듣는 남자로서 나는 그 관능을 피할 도리가 없다. 소녀의 머리를 쓰다듬으며 풍만한 가슴을 가진 여자로서 안아주고 싶어진다. 그녀의 슬픔을 위로할 방법을 몰라, 다만 그 슬픔을 함께 견뎌내고 싶어진다.
이소라 목소리에 가득한 물기는 안개나 구름이 아니라 폭우 혹은 우박이다. 농도가 짙다. 그녀가 행복하다고 말할 때, 그

행복은 '당신만이라도 행복하길' 바라는 체념이다. 나는 도무지 행복하지 않지만, 내가 사랑했던 당신은 행복하길, 마치 진달래꽃을 즈려 밟고 떠나라는 소월의 시 구절과 다르지 않다. 소녀의 어둠은 절망보다 몰락에 가깝다. 희망을 잃은 소녀는 죽거나 타락한다. 더 이상 소녀로서 살지 않겠다는 완전한 포기여서, 둘은 결국 하나다. 김광석 추모 앨범에 수록된 이소라의 「흐린 가을 하늘에 편지를 써」를 들으면 에로스와 타나토스가 허리를 부여잡고 춤추는 그림이 떠오른다. 생생하게 살아 있지만 확실하게 죽어 있는 이미지, 죽음과 삶의 대립과 공존으로 생과 사의 뜨거움이 번지는 그것은 아름답다. 아름다운 것들은 오래간다. 스피노자의 말처럼 모든 고귀한 것들은 아주 드물고, 그래서 얻기 힘들다. 남자에겐 관능을, 여자에겐 공감을 끌어내는 이소라 노래의 힘은 여기서 비롯된다.

서울을 떠나 파리로 오는 비행기 안에서 이소라가 부른 「내 곁에서 떠나가지 말아요」를 반복해서 들었다. 물기 밴 이소라의 목소리는 울고 싶은 내 마음을 찔러주었다. 떠난 건 나라고, 내가 그녀를 떠난 거라고, 그러니 이별은 나의 선택이라고 말한다면 이소라는 다른 노래를 불러줄까?

팔레 루아얄

Le Palais Royal

프란츠 슈베르트는 서른한 살에 죽었다. 그의 마지막 작품집의 제목은 〈백조의 노래〉인데, 백조가 죽기 직전에 딱 한 번만 운다는 전설에서 따왔다. 슈베르트 사후에 편집된 이 작품집에는 모두 열네 곡의 노래가 담겨 있다. 모든 곡들이 아름답다. 나는 그중에서도 「세레나데」를 즐겨 듣는다. 웬만한 바리톤, 테너 가수 들이 한 번쯤은 불렀을 텐데, 요즘은 최현수가 부르는 「세레나데」가 좋다. 담백하면서 절절하다.

고통은 사랑만큼 삶을 풍부하게 만든다. 그리움은 눈물로 달랠 수 있지만 눈물로 이별을 되돌릴 수는 없다. 혼자 들어 좋은 음악과 좋은 음악을 혼자 듣는 쓸쓸함이 슈베르트 안에서 부딪힌다. 늦은 밤, 그 곡을 반복해서 들으며 파리를 걸었다. 걸을수록 아련함이 커져만 갔고, 공중전화기에 발이 걸렸다.

MK2 파르나스 영화관

MK2 Paranasse

미성숙한 소녀의 풋내는 관능적이다. 성숙한 여인의 관능이 상대를 자신의 세계 안쪽으로 끌어당기는 유혹이라면, 미성숙한 것들은 상대를 무방비 상태로 만들어 자발적으로 무릎을 꿇게 만든다. 이미 늙어버린 것들은 미성숙한 것들의 순진과 순수를 질투한다. 괴테의 시 「마왕」의 끝 구절은 "소년은 죽었다"다. 흉내 내자면, 미성숙한 것들의 관능에 베인 자들의 "청춘은 죽었다". 다만 그들은 그것을 감지하지 못하거나 인정하지 않는 것이다.

성숙은 이미 지나가버린, 시간의 무게를 마음으로 화해했는가의 여부로 판가름된다. 여기서 청춘은 시간(나이)에서 세계관으로 기준이 넘어간다. 청춘은 누구나 어느 나이가 되면 저절로 통과하는 시간의 개념이 아니라, 자신과 세상을 향한 관점을 갖는 것으로 스스로 만들어내야 한다. 그런 면에서 청춘은 자기 꿈을 잃지 않고 실현하려는 열정을 가진 사람이다. 20대가 지나면서 대부분은 꿈을 버리고 현실에 순응하기에 청춘이 그 시기의 것으로 치부되는 것뿐이다. 성숙한 것들의 관능은 정신을 향하지만, 늙어버린 것들이 미성숙한 것들의 몸을 탐하는 이유도 그 때문이다.

그 아이의 무릎을 베고 누워 눈을 감았다. 어린 육체의 싱그러운 살 냄새가 코를 통해 폐 속 가득 밀려 들어왔다. 내 몸 안에 그 풋내를 최대한 오래 담아두려고 숨을 참았다. 초록 사과가 떠올랐다. 뱀이 왜 이브를 사과로 유혹했는지 알 것 같았다. 그 아이가 내 얼굴을 쓰다듬으며 알 수 없는 일본어로 노래를 속삭였다. 요시코가 불러줬다는 일본 동요는 짧게 끊어질 듯 부드럽게 이어졌다. 긴 머리카락이 내 뺨에 닿아 간지러웠고, 알아들을 수 없는 외국어의 속삭임은 포근했다.

밤 산책

Promenade nocturne

그렇다, 내가 아무 동요 없이 행복하고 평온하게 잠을 잘 수 있는 데 필요한 것은 어머니였고, 그런 평온함은 훗날 어떤 연인도 내게 줄 수 없었다. 왜냐하면 사람들은 연인을 믿을 때조차도 연인을 의심하며, 다른 속셈이나 다른 의도 없이 오로지 나만을 위한 어머니의 키스 같은, 그렇게 완전하게 연인의 마음을 소유하는 것은 불가능하기 때문이다.

–마르셀 프루스트, 『잃어버린 시간을 찾아서』 1권, 김희영 역(민음사, 2012)

『잃어버린 시간을 찾아서』의 화자처럼 다른 의도나 속셈 없이 진심으로 꽉 찬 100퍼센트의 마음, 일체의 불순물도 허용하지 않는 순수한 사랑을 느껴본 적이 있었던가? 누가 내게 그런 연인이었을까? 지나간 연인들의 얼굴을 머릿속으로 한 명씩 떠올려본다. 아무도 없다. 그것은 내가 그녀들 누구에게도 완전하게 내 마음을 내어준 적이 없기 때문이다. 내 마음이 나로 남아 있을 때, 연인이 제 마음을 온전히 준다 한들 내가 그것을 받기 어려웠을 것이다. 나는 좋지 못한 연인이었다. 내 사랑은 빈약했다.

카페에서 몇 번 그 아이에게 편지를 쓰려고 했다. 엽서라도 보내려 했다. 많은 말을 노트에 썼으나, 인사말에서 더 나아가지 못했다. 되돌아 생각하니, 내가 그 아이를 가장 뜨겁게 사랑했던 순간에 이미 이별을 예감했던 것 같다. 행복의 정점에서 불행이 시작되리라 추측한 모양이다. 그때 편지를 썼으나, 그 아이에게 전하지 않았다. 내가 나에게 메일로 보낸 후 편지는 없앴다. 여기에 그 편지를 기록해둔다.

2
LETTRES

너를 사랑하는 일이 내 삶의 가장 큰 기쁨이고 고통이다.
언젠가 네가 나를 떠날 것임을 알고 시작된 관계이나,
그때 감당해야 할 상실감이 두렵다.
이제는 너를 조금씩 내 안에서 밀어내야 하는 것일까.
아직은 너와의 달콤한 쾌락을 걱정 없이 즐겨도 되는 것일까.
너를 배웅하고 둘이 걷던 길의 온기를 혼자 되짚어 걸으며
'이제는'과 '아직은'을 오간다.
내 마음에 묻는다. 물음은 끈질기다. 답은 하염없다.
너를 영원히 가질 수 있는 방법이 있다면
그것이 내가 원하는 것일까?
사랑의 두려움은 '연인을 잃을까봐'보다는 그 연인으로 내 마음이 가득 차 '나 자신을 잃을까봐'임을 너를 통해 깨닫는다.
이토록 나를 압도하는 대상이 너라는 사실이 행복하고, 너뿐이어서 몸서리친다.
어젯밤 내 품 안에서 너는 가장 내 가까이에 있으나 가장 멀리 있는 듯 아득했다. 잠든 너의 숨소리를 듣고 네 숨결을 맡아도 가시지 않는 불안함에 너를 급히 깨운다.
너를 사랑한다.
그 말로도 내 마음을 전부 전할 수 없어 안타까웠다.

달이 없는 밤에는
온몸이 그리움으로 가득하다.
음악도 들리지 않는다.
빈 하늘에 대고
그 아이의 이름을 불렀다.

소녀가 머물다 떠난 자리는 별이 사라진 하늘 같다.
꽃이 모두 떨어진 봄이다.

벼룩시장

marchés aux puces

방브Vanves 벼룩시장에 들렀다. 구경하는 재미는 컸으나 살 만한 것은 없었다. 물건은 모두 생활에 밀착해 있었지만 일상에서 떨어져 있는 내겐 불필요했다. 무용無用하나 소유의 즐거움은 있을 어느 고성의 열쇠나 누군가의 이름이 적힌 명패 등은 가격이 너무 비쌌다. 무관심한 듯 가격을 물어보고, 비싸다며 흥정하고, 막상 깎아주니 갈등하고, 그러다가 소소한 물건에 지갑을 열거나 다른 가게로 가는 파리지엔들의 모습을 구경하는 일로 즐거움을 대신했다. 오전 한나절을 그곳에서 보내고 빈손으로 돌아왔다. 가끔 세상을 구경꾼으로 살아도 좋겠다 싶었다. 그래도 마음에 드는 걸 하나도 사지 못한 아쉬움은 어쩔 수 없었다.

나는 시간의 흔적들을 좋아했다. 빈티지 가구, 옛날 노래, LP, 사진, 헌책, 아날로그 시계⋯⋯ 그것들을 만질 때면 지난 시간은 이미 흘러갔고, 다가올 시간은 곧 닥칠 테니 지금 이 순간을 살면 그만이라는 생각이 들었다. 현재만이 현실이었다. 특히,

100년 넘게 한 자리에서 살아온 나무를 껴안으면 시간이 지나간 흔적들이 모여 만들어진 독특한 향기가 나무 안 깊은 곳에서 날아와 나를 안아주는 듯했다. 나무마다 살아온 경험이 제각기라서 향도 저마다 달랐다. 오래된 나무일수록 그 그늘에서는 묵직한 차 향기가 났다. 코로 가득 마셔 몸속에 오랫동안 넣어 두었다.

— 내가 처음 일해 번 돈으로 산 선물이야.

— 부모님께는?

— 시끄러워. 그냥 받아.

향초와 향이었다. 나는 아껴서 그 아이가 집에 올 때에만 켜고 피웠다. 그 향이 집에 퍼지면 그 아이는 발레 동작 몇 개를 추곤 했다.

너를 사랑하지 않으며 소유할 수 있는 유일한 방법은 추억이다.
나는 너를 추억하겠다.

26

퐁데자르

Pont des Arts

파리의 길거리를 손을 잡고 걷다가, 에펠탑이 보이는 길모퉁이에서 문득 너를 꼭 껴안고, 너의 긴 머리카락을 귀 뒤로 넘기고, 두 뺨을 감싸 쥐고, 너의 눈동자를 보며 키스하고 싶었다. 너의 동그란 이마에 한 번, 오뚝한 콧날에 한 번, 왼쪽 뺨에 한 번, 오른쪽 뺨에 한 번, 윗입술에 한 번, 아랫입술에 한 번, 그리고 내 숨결을 네 입술 사이로 불어넣으며 키스! 오렌지빛으로 물들어가는 파리의 하늘과 공기를 너와의 키스로 묶어두고 싶었다. 센 강의 시테 섬 끝에 앉아 샌드위치와 주스를 먹고, 퐁데자르를 배경으로 해지는 풍경을 보고 싶었다. 우리의 나이 차가 얼마인지, 우리의 미래가 어떠할지, 파리에서는 아무도 신경 쓰지 않을 것이다. 하지만 나는 이제 더 이상 너의 이름조차 부를 수 없다.

퐁데자르 나무 바닥에 앉아 지나는 사람들, 센 강을 오가는 유람선과 시시각각 변하는 하늘을 보며 하루를 보냈다. 노을이 내려앉자 사람들이 멈춰 서서 하늘을 보았다. 노을 풍경 앞에서 나는, 오늘은 오늘로 끝났고 내일은 내일로 시작될 것이라는 사실을 부정할 수 없었다. 오늘 하루도 어렵게 보냈다. 언젠가 함께 읽었던 시가 떠올랐다. 나희덕의 「나뭇가지가 오래 흔들릴 때」의 전편을 여기 옮긴다.

「나뭇가지가 오래 흔들릴 때」

세상이 나를 잊었는가 싶을 때
날아오는 제비 한 마리 있습니다
이젠 잊혀져도 그만이다 싶을 때
갑자기 날아온 새는
내 마음 한 물결 일으켜놓고 갑니다
그러면 다시 세상 속에 살고 싶어져
모서리가 닳도록 읽고 또 읽으며
누군가를 기다리게 되지요
제비는 내 안에 깃을 접지 않고
이내 더 멀고 아득한 곳으로 날아가지만
새가 차고 날아간 나뭇가지가 오래 흔들릴 때
그 여운 속에서 나는 듣습니다
당신에게도 쉽게 해 지는 날 없었다는 것을
그런 날 불렀을 노랫소리를

-나희덕, 『그 말이 잎을 물들였다』(창작과 비평사, 1994)

퐁뇌프

Pont Neuf

울,

준비는 되었다.

울고 싶으면, 울기로 했다 .

눈물은 혼자 흘려도 그 울음은 누군가를 향한다.

나를 떠나지도

내게 덤비지도 않는

눈물은 잔인했다.

눈물 없는 울음의 날들을

기억한다.

"어느 날 나는 해가 지는 걸 마흔세 번이나 보았어!"

그러고는 잠시 후 너(어린왕자)는 다시 말했지.

"몹시 슬플 때에는 해지는 풍경을 좋아하게 되지."

"마흔세 번 본 날 그럼 너는 몹시 슬펐겠구나?"

그러나 어린 왕자는 대답이 없었다.

–생텍쥐페리, 『어린왕자』, 전성자 역(문예출판사, 2007)

바람이 불면 생각이 많아진다.

뤽상부르 정원

Jardin du Luxembourg

프랑스어를 배울 때, 모든 (대)명사에 성별이 부여되는 것(남성, 여성, 중성)과 세분화된 시제를 익히기가 가장 어려웠다. 명사의 성별에는 공통된 법칙이 없으니 단지 암기의 문제였으나, 시제는 이해와 정서의 복합 작용이었다. 이럴 땐 반과거, 저럴 땐 복합과거를 쓴다는 대략적인 원칙은 있었으나, 세부적으로 들어가면 그 시제를 몸으로 느껴야만 정확하게 사용할 수 있었다. 이해는 했으나 해결되지 않는 문법 앞에서 실수는 피할 도리가 없었다.

과거의 일이 과거에만 머무르지 않고 현재의 나에게도 영향을 끼치는 상황을 얘기할 때 나는 반과거를 사용했다. 과거 사건이 그때의 일로 봉인되어 지금의 나에게 어떠한 영향도 주지 않는다면 복합과거로 쓰고 말했다. 복합과거란 말은 과거완료였으니, 과거에서 이미 끝나버린 것이었다. 하지만 내게 반과거는 현재 안에 들어와 있는 과거였으니, 여전히 살아 있는 과거였다.

마르그리트 뒤라스의 『연인』은 반과거와 복합과거 시제의 변주였다. 주인공에게 과거의 고통은 여전히 현재였다. 상처는 시간이 흐른다고 없어지지 않는다. 많이 아팠던 것이 조금 덜 아플 뿐이다. 치료는 되어도 완전한 망각은 없다. 『연인』의 화자는 과거의 기억을 과거에 두고 현재로 와 있지만, 그 기억은 가슴에 저장되어 있다. 그것은 상대 남자도 마찬가지다. 중국인 남자야말로 과거를 기억하는 남자다. 기억하는 한 그는 살아 있고, 살아 있는 한 화자를 사랑한다.

열여덟 살에 이미 늙었다고 말하는 화자에게 상처는 쉽게 풀어놓을 수 없는 것이다. 아주 깊고 불투명하다. 그것은 내가 사랑하는 사람에게서 사랑받고자 하는 이들이 겪는 상처의 퇴적이기 때문이다. 그 열망과 상처를 공통점으로 나는 『연인』의 화자와 중국인 남자의 마음 밑바닥에 가 닿을 수 있었다.

뒤라스는 소녀로 태어나 소녀로 살다가 소녀로 죽었다.
그것이 그녀의 운명이고, 행복이고, 글쓰기였다.

과거를 되찾는 것은 불가능하다. 지나가버린 시간은 지나갔다는 사실에서 벗어나지 못한다. 지난 시간은 끝난 시점에서 완결된 사건이라, 현재로 다시 이어 붙일 수 없다. 우리는 현실에서 불가능하기에 시간여행의 판타지를 열망한다. 다만 과거의 경험은 내 몸과 인식의 바탕 위에서 이뤄졌으므로 내 어딘가에 그 흔적들은 남을 수 있다. 그것으로 지난 시간을 되찾을 수 있는 가능성이 열린다. 항상 현재에만 속할 수밖에 없는 내 몸은 그런 면에서 동시에 과거를 품고 있기도 하다. 과거를 필터 삼아 현재를 축적하는지도 모르겠다. 그러니 살아가는 일이란 과거를 껴안고 현재를 열어가는 것이다.

나는 그녀를 잊을 수 없었다.
그녀를 사랑했던 나를 잃어버려야 했다.
잊음은 잃음이다.

추억하고자 하는 사람은 망각을 믿어야 한다. 절대적 망각이라는 위험을 믿어야 하며 그때 추억은 아름다운 우연이 된다. 이 아름다운 우연을 믿어야 한다.

프랑스의 소설가 모리스 블랑쇼의 말이다. 내용을 완전히 이해하지 못한 채, 글로써 아름다운 이 문장들이 출처 없이 내 노트에 적혀 있었다. 추억이 완전히 잊히더라도 한 번 경험한 내 몸은 그것을 우연이라도 다시 한 번 경험하게 된다고, 나는 이해하기로 했다.

너를 사랑했던 기억은 하나같이 달콤하고 돌이킬 수 없이 어리석다. 네 몸에 내 입술이 닿았던 흔적은 순간이었고, 그 어리석음의 기억은 어제처럼 영원하다. 나는 조금씩 늙어가면서 젊은 날의 네 육체를 조금씩 씹어 먹는다. 잘게 부서지는 안타까움으로, 변치 않는 어리석음으로, 어디에도 없을 네 육체를 그리워한다.

-김영민, 『동무론』(한겨레출판, 2008)

뱅센 숲

Bois de Vincennes

크리스틴의 집은 아파트 3층이었다. 바래다줄 때, 그 아이가 집 안으로 들어가 현관의 불이 켜지는 걸 주차장 어귀에서 확인한 후에야 돌아 나왔다. 가끔 베란다로 나와서 내게 손을 흔들어주고는 황급히 들어가기도 했다. 그 손짓을 눈에 담는 날이면 나는 곧바로 집으로 가지 못하고 큰 길을 따라 조성된 공원 산책로를 걸었다. 봄이면 벚꽃이 피고, 여름엔 꽃이 진 자리에 초록 잎이 바람에 날리는 길이었다. 나뭇잎이 햇빛에 익어 갈색이 된 가을을 지나 겨울에는 내린 눈을 밟으며 걸었다.

우리는 떨어지는 벚꽃을 강아지마냥 뛰어다니며 입으로 받아먹곤 했다. 꽃잎을 입안에 넣고 나누던 키스는 향긋했다. 그런 밤에는 세상 모든 꽃잎들이 그곳으로 날아와 떨어졌다. 내게 이런 봄이 몇 번이나 더 있을까? 그 아이의 손을 꽉 잡았다. 나를 올려다본 그 아이는 저만치 앞서 흩날리는 꽃잎들 속으로 뛰어가 발레를 추었다. 그 속으로 사라져버릴까 봐, 나는 자꾸만 그 아이의 이름을 불렀다. 헤어진 후, 더 이상 그곳에 갈 일이 없다는 사실에 서글퍼졌다. 어떤 공간은 어떤 사람과 강하

게 이어져 있어서 장소와도 이별을 해야만 한다.
한국에 와서 적응하기 힘들 때 크리스틴은 이 길을 자주 걸었다고 했다. 이 길은 자신의 길이라며, 함께 걷는 것을 영광으로 알라고 했다. 그 말이 귀엽고 또 아팠다. 그 아이와 함께 걸어서 좋은 길이었고, 그 아이를 배웅하고 혼자 걸어도 달콤했었다. 연인으로 헤어져도 사람으로는 끝나지 않는다. 상대의 몇몇 특징들은 우리 안으로 스며들어 계속 살아간다.
피천득은 수필 「인연」에서 평생을 그리워하면서도 한 번 만나고 못 만나게 되기도 하고, 일생을 못 잊으면서 안 만나고 살기도 한다고 썼다. 나는 1년 정도 그 아이를 곁에 두고 살았다. 잘 구운 카스텔라처럼 따뜻하고 포근한 시간이었다. 떠난 행복은 다시 오지 않고, 이제는 그 흘러감을 지켜보는 나날만 남았다.
파리 외곽에 위치한 뱅센 숲에서 혼자 서 있는 나무, 혼자 걷는 사람들, 사람 없는 의자를 봤다. 위로가 되지 않았다. 둘이 다정히 몰려다니는 새와 오리 들에게 심술이 났다.

몽파르나스 묘지

Cimétière du Montparnasse

따로 태어나 다른 때에 죽었으나 함께 묻혔다. 인간은 제 몸에 갇혀 혼자 살고 혼자 죽는다. 누구도 삶과 죽음을 대신해줄 수 없다. 다만 같은 공간에서 나란히 앉아 두 손을 맞잡으면 따로 숨 쉬는 존재임을 잠시 잊을 수는 있다. 그것은 큰 행복이다. '1+1=1'로 귀결된 이 비석에서, 도저히 떨칠 수 없는 인간의 외로움을 세 번째 숫자 1은 갖고 있지 않다. 하나의 비석에 새겨진 두 이름은 두 생명이 완전하게 포개진, 그래서 몸의 한계를 벗어나 내가 너를 나로 느끼고 네가 나를 너로 느끼는 섹스의 이상향에 도달했음을 암시한다. 그것이 사랑의 완성일까? 사랑에 완성이 있기는 할까? 그것이 무엇이든 나란한 저들의 이름 앞에서 끓어오르는 부러움은 어쩔 수 없다.

살아생전 사르트르는 사회적으로 빛나는 사람이었으나 보부아르에겐 끊임없이 바람을 피우는 연인이었다. 사르트르는 그녀를 지적으로 성장시켰으나 여자로서는 괴롭혔다. 하지만 둘은 서로를 잠시 떠난 적은 있어도 완전히 헤어지지는 못했다. 사르트르가 죽었을 때 보부아르는 죽은 연인에게 입을 맞추었다. 그걸로 그녀는 아픈 기억들을 모두 녹였을까? 저토록 강력한 유대감을 무어라 부르면 좋을까?

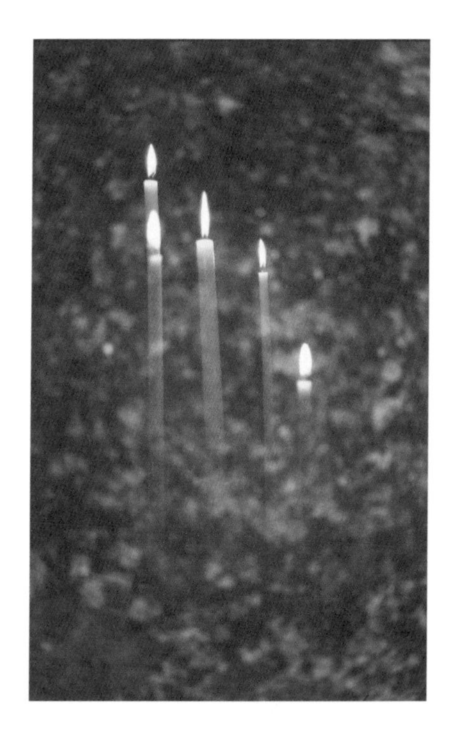

기도로 될 일이 아닌데도 기도를 하게 된다.

미라보 다리

Pont Mirabeau

파리는 유혹할 뿐 답을 주지는 않는다. 다시 돌아와 보니, 에펠탑을 위시한 풍경의 아름다움 때문에 사람들이 파리로 몰려드는 것이 아니었다. 파리는 풍요로운 과거를 토대로 현재를 세운 도시였다. 골목과 건물 들은 100여 년 이상의 시간을 지나오면서 현재와 호흡하며 다듬어지고 반죽되어왔다. 그것은 현대인들에게 고향 같은 무엇이다. 서울에서 태어나 자라도 고향 하면 시골의 이미지를 떠올리듯이, 파리의 힘은 거기에서 비롯된다. 그것은 낭만이다. 낭만과 현실은 서로 비껴가며 곁을 조금씩 내어주며 만나는데 그것이 잘 구현된 도시가 파리이고, 그로써 세상을 유혹한다. 그래서 고민의 답을 주지는 않더라도, 샤를 드골 공항에 내린 각자에게 그 답을 찾을, 그 문제를 되새겨볼 장소는 되어준다.

센 강에는 열세 개의 다리가 걸려 있다. 파리를 다니며 그 다리에 서서 센 강을 바라보았다. 각각의 다리 이름은 달랐지만, 그 아래를 지나는 강은 달라지지 않았다. 그녀와의 아름다웠던 사랑도 한 장의 사진처럼 뚜렷한 사실이었다. 이제 그 사진은 내 삶 속의 다른 풍경들처럼 추억이 될 것이다. 그리고 그 추억은 나의 현재로 흘러들어와 내가 사랑할 너에게로 가는 길이 될 것이다.

안녕,
내 사랑

안녕,
파리

이것이 내가 그녀에게 보여주고 싶었던 파리다.

파리 로망스
우리는 왜 헤어졌을까?

1판 1쇄 2015년 4월 20일
1판 6쇄 2017년 5월 19일

지은이 이동섭
펴낸이 정민영
책임편집 임윤정
편집 손희경
디자인 최윤미
마케팅 이연실 이숙재 정현민
제작처 미광원색사(인쇄) · 중앙제책(제본)

펴낸곳 (주)아트북스
브랜드 **앨리스**
출판등록 2001년 5월 18일 제406-2003-057호
주소 10881 경기도 파주시 회동길 210
대표전화 031-955-8888
문의전화 031-955-7977(편집부) 031-955-3578(마케팅)
팩스 031-955-8855
전자우편 artbooks21@naver.com
트위터 @artbooks21
페이스북 www.facebook.com/artbooks.pub

ISBN 978-89-6196-236-0 03810

값은 뒤표지에 있습니다.
잘못된 책은 구입하신 서점에서 교환해 드립니다.

이 도서의 국립중앙도서관 출판예정도서목록(CIP)은 서지정보유통지원시스템 홈페이지(http://seoji.nl.go.kr)와 국가자료공동목록시스템(http://www.nl.go.kr/kolisnet)에서 이용하실 수 있습니다.
(CIP제어번호: CIP2015010430)